ツキマトウ

警視庁ストーカー対策室ゼロ係

真梨幸子

角川文庫
22671

Contents

case0 プロローグ

「なにか、お困りですか？」

――はい。……ストーカーについて……。

「ストーカーですか。やれやれ。これで、今日は何件目だ？」

――そんなに、多いんですか？

「ええ、多いですよ」

――そういえば、聞いたことがあります。ここ数年、ストーカー犯罪が急増しているって。……闇ですね。

「ここ数年？　闇？　……いえいえ、ストーキング、つまり、つきまとい行為は、今にはじまったことではないですよ。だから、闇ですらない。一九九〇年、アメリカのカリフォルニア州でストーキング防止法が世界ではじめて成立、それがきっかけで人為的に闇に追いやられただけのことです」

――つまり、ストーキングが犯罪として扱われるのは最近のことだが、その行為自体は昔からあったと？

「そうです。愛だの執着だのという名前で、太古の昔から存在していました。もっといえば、人類が猿と袂《たもと》をわかったときから、存在します。言い換えれば、ストーカー心理こそが人を人たらしめている要素でもあるんです」

――どういうことですか？

「つまり、想像力です。人間が他の動物と大きく違う点は、未来を予想し、そして他者の心を読むという想像力に他なりません。この想像力があるからこそ、人類は文明を築き、神を創造し、物語を生み、そして芸術を育《はぐく》むことができたのです。ところが、人類がその想像力を手に入れたのは、ごくごく最近のことです。たかだか、二十万年前。もちろん、諸説ありますが。いずれにしても、宇宙的な時間でいえば、産声を上げたばかりなのです。成熟にはほど遠く、完成もされていない。だから、バグも発生するし、暴走もする」

――「想像力」の「暴走」が、ストーキング行為だと？

「乱暴にいうと、そういうことになりますね。ストーキングの最も特徴的な要素、それは一方的であるということです。一方的にある対象に恋をし熱中し、あるいは憎悪する。そんなことができるのは、想像力があってこそです。想像の中で、ある対象を都合のいいように理想化し、あるいは都合のいいように悪者にする。誰にでも経験があることだと思います。なにも特別なことではありません。ただ、大概は想像の枠の中で終始します」

――その「想像力」の枠からはみ出した……つまり暴走したときに、はじめて「ストーカー」になるということですね。

「喩《たと》えるならば、体に常在するウイルスや菌でしょうか。健康なときは、ウイルスや菌は悪さはせずに、免疫という防御の中で眠らされています。が、ストレスや疲労などで抵抗力が下がったとき、ウイルスや菌は病気という形で顕在化する。……いや、違う。ウイルスや菌というより、アレルギーに近いかもしれません。つまり、本来、その人物を守るためにプログラムされている防御システムが、なにかの拍子に暴走し、自分自身を攻撃する。……ストーカーという病は、それに近いと思います」

――ストーカーは病だと？

「病です。それは間違いありません。断言できます。……あなたは花粉症ですか？」

――はい。ひどい花粉症で、スギ花粉の他にブタクサ花粉、カモガヤ花粉にも反応し、一年のうち半分は、マスクが手放せません。……それが、なにか？

「花粉症でない者からすると、花粉症患者のくしゃみや鼻水は、迷惑行為に他ならない。事実、花粉症という病名がつく以前は、職場にくしゃみや鼻水が止まらない社員がいた場合、かなり白い目で見られていたものです。迷惑だと」

――つまり、ストーカーもまた、花粉症患者のようなものだと？

「私はそう考えます。ストーカー自身も、自分の行為に振り回され、苦悩しています。止めようと思っても、どうしてもくしゃみがでるのと同じで」

――しかし、花粉症とストーカーを同列に語るのは、さすがに乱暴だと思うのですが。花粉症患者は、ストーカーのように、「事件」は起こしません。

「事件？　なるほど。ここで、ストーカーの定義について、考えましょうか。ひとくくりにストーカーといいますが、法に触れない正しいストーカーというのもあるんですよ」

――正しいストーカーとは？

「誤解を恐れずに言及しますと、正しいストーカーの代表格は、宗教に帰依する信者といえます。非合理的だ非科学的だと糾弾されても神に従うその姿は、信者でない者から見れば、奇妙に映ります。なぜ、そこまでして神の教えを追うのか。その従順な姿はある意味、神に対するつきまとい行為です。ですが、人生や命をかけて神につきまとったとしても、その行為そのものが犯罪になることはありません。……無論、暴走すれば事件になりますが。

それと似た行為に走るのが、ファンです。有名人やアイドルをどこまでも追いかけるファンの姿はストーカーの典型的な例として、心理学上でも指摘されています」

――いわゆる「追っかけ」ですね。確かに、熱狂的なファンは、「信者」と呼ばれます。

「人気商売であるアイドルやタレントまたは役者は、その熱狂を利用しているところがあります。追っかけは、人気のバロメーターですからね。だから、追っかけそのものが犯罪になることはありません。もっとも、この場合も、度を越すと事件になりますが」

——つまり、ボーダーを越えさえしなかったら、それは「正しいストーカー」ということなんでしょうか？

「そうです。熱中したり、熱狂したり、執着したりすること自体は、罪ではありません。想像の中で人を殺したとしても、罪にはならないのと同じです。想像の中で終始していれば、それは正しいストーカーといえます」

——なるほど。「想像」を逸脱しなければ、「罪」ではないと。

「そうです。が、問題は、その『想像』です。誰でも一度は、想像の中で憎い相手を殺したり、好きな異性と交わったりした経験があると思います」

——ええ、恥ずかしながら、私もあります。

「その想像が、頭の中からこぼれ落ちる瞬間から、ストーキング行為ははじまります。例えば、小学校の頃、気になるクラスメイトのあとをつけていって家を確認する……なんていう経験は、多くの人に心当たりがあるはずです。好きな相手の持ち物にそっと触れてみる……とか、電話番号を調べるとか」

――はい。私にも経験があります。……え？　ということは、つまり、誰でも一度は、ストーキングの経験があると？

「そうです。脳から漏れ出した想像が、ストーキング行為の本質です。とはいえ、繰り返しますが、ボーダーを越えさえしなければ、それは罪にはなりません。正しいストーカーにとどまることができます。ところが、そのボーダーは目に見えるものでも、触れられるものでもありません。ですから知らず知らずのうちに踏み越えてしまう。その瞬間から事件となり、正しくないストーカーへと変貌《へんぼう》するのです」

――誰でも、正しくないストーカーになる可能性があるということですね。恐ろしい話です。

「前置きが長くなりました。……それで、今日は、どんなご相談で？」

――ある人物に、つきまとわれているんです。いろいろと手を打ちましたが、まったく効果がなくて。……もう、私の生活はボロボロです。このままではこちらまでおかしくなってしまう。いや、もうすでにおかしくなっています。どうしたらいいんでしょうか？　どうしたら、あの人物から解放されるんでしょうか？

＋　＋　＋　＋

私の名前は、鈴木《すずき》真《ま》琴《こと》。四十四歳。東京都板橋区《いたばし》に住む主婦です。

以前はとある編集プロダクションに勤務していましたが、妊娠を機に退職いたしました。だって、産休を要求したら、「そんなのうちにはない。辞める以外に道はない」って、けんもほろろに切られてしまったものですから。……まあ、仕方ないです。所詮《しょせん》は、自転車操業の弱小編集プロダクション。大手出版社の社員のように、産休や育休を望めるはずないって、分かっていました。妊娠＝退職ってことは。だからひとまず退職しましたが、出産してひと段落したら、また仕事をはじめよう……って。でも、なんだかんだと年月が経ち。気がつけば、娘は小学生。私は専業主婦がすっかり板についてしまいました。私、専業主婦に向いているんですよね。家事とか子供の世話とか、全然苦じゃないんです。むしろ、楽しい。もっとも、旦那《だんな》の世話はちょっと面倒くさいんですけれど。だって、うちの旦那、ほんと、なんにもしないんです。絵に描いたような九州男児で、そこにある醤油《しょうゆ》すら自分ではとらないんですから。それで、喧嘩《けんか》もしょっちゅう。……私もお年頃ですから。そう、更年期のお年頃。なんだか、ちょっとしたことでイライラしちゃうんですよね。娘に当たることもしばしば。……これじゃいけない、そろそろ仕事でもはじめようかな……なんて考えていたところ、懐かしい知人から連絡がありました。一年前のことです。

知人の名前は、A子。大学時代のオタク仲間です。

そう、私、オタクだったんです。……とある小説にどっぷりハマっていました。

……『銀河探偵コスモス』という小説はご存じですか？　十万年後の宇宙を舞台にした、ミステリーファンタジーです。火星監獄《マーズプリズン》の独房に捕らえられた超天才歴史学者が、その豊富な知識と人類離れした頭脳で、様々な兇悪《きょうあく》犯罪を華麗に解決していくお話です。……え、知らない？　……まあそうでしょうね。全十二巻出ていますが、累計五十万部いくかいかないか……の微妙な売り上げでしたから。つまり、一巻あたり四万部前後。いや、一巻あたり四万部……というのはすごい数字ですよ。三万部売れたら大ヒット……という業界ですから。でも、一般社会からいえば、微妙な数字なんです。一般人が「ヒット」していると認識するのは、やはり一巻あたり百万部《ミリオン》を出さないと。ミリオン出してようやく、世間は「ああ、これ、知っている」となるわけです。漫画でいえば、『ドラゴンボール』や『ワンピース』や『進撃の巨人』。あのぐらいメガヒットしてようやく、世間的にも知られる存在となるのです。

でも、私たちのような真のオタクは、そんなメガヒットのメジャー作品にはハマりません。私たちがハマるのは、一巻あたり五万部前後の作品です。これが絶妙な数字なのです。世間的にはそれほど認知はされていないけれど、知る人ぞ知るマイナーなヒット作。……そう、「マイナー」というのが重要です。「マイナー」という壁に閉ざされた世界で、煮詰めて煮詰めて、煮詰めまくる。鍋《なべ》の中で砂糖と水がカラメルになるがごとく、世界が狭ければ狭いほど、私たちの情熱はドロドロに煮詰められていくんです。今でいう、「沼」というやつです。

私の青春は、『銀河探偵コスモス』に捧《ささ》げたといっても言い過ぎではありません。新刊が出れば、最低でも百冊は購入。もちろんお小遣いでは足らず、アルバイトに明け暮れていました。時には水商売のバイトも。え？　なんで、百冊も購入したんだって？　もちろん、配るためですよ。布教です、布教。それに、『銀河探偵コスモス』が売れれば、アニメ化されるかもしれない……って思ったからです。そう、私の目標は、『銀河探偵コスモス』のアニメ化でした。あの素晴らしい世界観を、動くアニメで見てみたい！

ですが、その野望は突然、頓挫《とんざ》しました。『銀河探偵コスモス』の作者が、逮捕されたんです。罪状は未成年少女との淫行《いんこう》。不起訴にはなりましたが、それが原因で、『銀河探偵コスモス』も打ち切り。十二巻を最後に、未完のまま終わってしまいました。……私はというと、夢から覚めたように情熱が一気に失《う》せました。私はオタクを卒業し、一般社会に還俗《げんぞく》しました。そして普通に就活して、普通に就職しました。二十二年前のことです。

ですが、A子からの電話で、あのときの情熱が瞬く間に蘇《よみがえ》ってしまったのです。

A子は言いました。

「ね、聞いて聞いて。私、小《お》田切《だぎり》昴《すばる》先生に会ったのよ！」

小田切昴というのは、『銀河探偵コスモス』の作者です。覆面作家でしたので私は会ったことはありませんでしたが、A子は会ったというのです。

「嘘でしょ？　マジで？　なんで？　どうして？　どこで？　いつ？」

矢継ぎ早に質問を繰り出す私。だって、小田切昴先生は、『銀河探偵コスモス』ファンにとっては神様のような存在。そのお姿を想像して、眠れない夜をいくつも過ごした青春時代。……そう、神様であると同時に、先生は、私たちの偶像《アイドル》でもあったんです。朝夕、先生がお住まいの方角に手を合わせ、読経をするように寝る前には必ず『銀河探偵コスモス』を読み返し、毎日のようにファンレターも送りました。一度でいい、先生に会えたら死んでもいいとすら思っていました。そう、私は先生に恋をしていたのです。熱烈に！　でも。

「ああ、やっぱり、いい。やめて。……昴先生の話はやめて」

私は、再燃した情熱を必死で抑えて、A子に応《こた》えました。「私にとって、昴先生も、『銀河探偵コスモス』も、黒歴史でしかないのよ。……あんな、犯罪人」

「犯罪人？」

「だって、そうでしょう？　未成年と淫行だなんて。……汚らわしい！」

「違うんだって、あれは、冤罪《えんざい》なんだって」

「え？」

「先生がおっしゃってた。しつこくつきまとってくるファンの女の子がいたんだって。自宅にも押しかける始末。で、突き放したら、レイプされたって騒ぎ出したんだって」

「……そうなの？」

「そうよ。先生のほうが被害者なのよ。そして私たちもね！」

「私たちも？」

「だって、あの事件のせいで『銀河探偵コスモス』は途中で終わってしまったんだから！ 最終回を迎えることなく！ アニメ化を目指していた私たちの夢も強制終了させられたんだから！」

「た、確かに、そうね」

「私ね。実はずっと諦《あきら》めていなかったんだ。……アニメ化の夢をずっと持ち続けていた」

「そ、そうなの？」

「そうよ。アニメ版『銀河探偵コスモス』の声優キャスティング、今でも妄想してんだから。あなたは、どうなの？」

「私も……」

そう。オタクを卒業したといいながら、私の心の奥には、いつでも『銀河探偵コスモス』が息づいていました。〝銀河〟という文字を見ただけで胸が疼《うず》き、そして、なにかアニメがテレビに流れるたびに『銀河探偵コスモス』を思い出し、胸を掻《か》き毟《むし》っていました。

「なら、参加しない？」

「参加？　何に？」

「『銀河探偵コスモス』復活プロジェクトよ」

「……復活プロジェクト？」その言葉を聞いて、私の胸は激しくときめきました。まさに、きらきらとした青春時代が戻ってきたようでした。

「今度の日曜日の昼間に、会合があるのよ。あなたも参加しない？　昴先生もいらっしゃるわよ？」

「……昴先生が？」

　ときめきを通り越して、体中が激しく震え出しました。「昴先生に、会えるの？」

　A子の計らいで、私は小田切昴先生に会うことになりました。『銀河探偵コスモス』の中によく登場する一本五万円のワインを持って。もちろん、お手紙も。

　場所は、西八王子《にしはちおうじ》駅前のカラオケバー。カウンター席とボックス席合わせて三十人座れるかどうかの広さでしたが、百人近くが集まっていました。まるで、ラッシュ時の電車の中のような、ぎゅうぎゅう詰め。でも、みんな『銀河探偵コスモス』のファンだと思うと、嬉《うれ》しさのほうが先立ちました。
が、その日、昴先生は現れませんでした。急用ができたとか。肩を落としましたが、久しぶりにオタ話ができて、とても充実した時間でした。オタクを卒業してからは、オタクの部分は封印してきましたから。それが一気に解放された感じでした。そして、思いました。ああ、私は根っからのオタクなんだと！

しかもです。その日の夜、なんと、昴先生から直接メールが届いたんです！　先生、ちゃんとお手紙読んでくれたんだ……と感動でした。お手紙に、メアドも記しておいてよかった！　しかもしかも、「今日は、行かれなくてごめんね」……って。もう、天にも昇るような気分でした。さらには、「明日、時間あるかな？　ぜひ、ゆっくりと会いたい」なんてことまで書かれていて。

もちろん、行きましたよ。だって生の昴先生に会えるんですよ？　行かないわけがない。場所は、例の西八王子駅前のカラオケバー。……ですが、ドアを開けると、私の他にも、四人。いったいどういうこと？　と不安に思っていると、先生が現れました。

…………。

なんていうんでしょう。想像とはちょっと違っていました。……でも、まあ、小説家なんてこんなものでしょう。痩《や》せていて、髪が薄くて、メガネをかけていて。どこにでもいるようなおっさんという感じです。……正直にいえば、この時点で、私の情熱はしゅぅぅぅと音を立てて萎《しぼ》みました。が、

「今日、集まってくれたこの五人は、選ばれし特別な人々です」

なんて、先生がおっしゃるんです。なんでも、その前日、先生が姿を現さなかったのは、ファンの様子を店の奥から観察していたからなんだとか。先生は、自分の右腕として働いてくれそうな優秀な人物を密《ひそ》かに選別、そしてお眼鏡にかなったのがこの五人だというのです。この五人を中心に、『銀河探偵コスモス』復活プロジェクトを本格的にはじめよう……って。

　そんなことを言われたら、オタク魂がうずくじゃないですか。選ばれたからには、やるしかないって。

　その日から、私のオタク活動が完全復活しました。もちろん、家族には内緒で。その後ろめたさが、ますます私の情熱に拍車をかけました。私は、ほぼ毎日のように、先生がいらっしゃる西八王子のカラオケバーに通いました。『銀河探偵コスモス』を復活させるために！

　私たちの目標は、ひとつ。『銀河探偵コスモス』のアニメ化です！

　ですが、ちょうど、娘の小学校のPTA活動とも重なってしまって。専業主婦です

から、ＰＴＡ会長を押し付けられていたんです。だから、どうしても西八王子に行けない日もあって。そんな日は、先生からお叱りのメールをいただきました。

例えば、「あなた一人のせいで、和が乱れた」とか、「予約していた懐石弁当が無駄になった」とか。そのときは、無駄になったという懐石弁当の代金を支払って、許してもらいましたが。

　でも、この時点で、私はもっと疑うべきでした。

だって、二万円、請求されたんですよ？　おかしいですよね？　どんだけ高級な懐石弁当なんだって。……あとで知ったんですが、どうやら、先生を含めて六人分の弁当代を支払わされたんです。なんで？　と思ったので先生にそれとなくメールすると、「ペナルティ」だというのです。欠席して和を乱したから、そのペナルティだと。……バカな私は、そのときは納得してしまいました。そうか、ペナルティか。今度からは気をつけよう。どんなことがあっても『銀河探偵コスモス』の集まりを優先しようって。

　そんなこんなで、一年近く、西八王子に通いました。でも、アニメ化の話は一向に進みません。一方で、『銀河探偵コスモス』のサイン本とか、先生の直筆の原稿用紙とか、書店で使われたＰＯＰとか、なんやかんやと買わされました。そのたびに、散財。一日に十万円を使うのはザラ、ときには五十万円近く使ったこともあります。…

…だって、オークション形式なものですから。私、根が負けず嫌いなので、ついつい熱くなるんです。それで、高値で競り落としてしまうんです。しかも、先生が煽《あお》るものですから。……証拠品を持ってきました。先生からのメールです、見てください。

『鈴木様　昨日は、オークション、残念でしたね。あのボールペンは、ぜひ、あなたに競り落としてほしかったのに。なぜって、あのボールペンで、『銀河探偵コスモス』の八巻を書き上げたからです。あなた、言ってましたよね？　八巻がとてもお気に入りだって。八巻は、二百冊も買ったって。だから、あなたに競り落としてほしかったんです。まさか、三十万の高値がつくなんて。……でも、あなただったら、五十万でも六十万でも買ってくれると思っていました。なのに、三十万円の値がついた時点で早々に諦めるなんて。ちょっと信じられませんでした。……もしかして、『銀河探偵コスモス』に対する情熱が薄くなってしまったんじゃないかと、心配で心配で。昨日は眠れませんでした。体調も崩してしまったようで、食欲もありません』

　こんなメールをもらったら、

『先生、すみませんでした。私が悪かったのです。『銀河探偵コスモス』に対する情熱は不滅です。ですから、ご心配なさらないでください。次のオークションでは、必ず必ず、私が競り落とします』

　と、返すしかないじゃないですか。すると、先生からこんなメールが届きました。

『今、病院です。どうやら、胃に大きな潰瘍《かいよう》があるようです。ストレスが原因だそうです』

『胃に大きな潰瘍！　もしかして、私のせいですか？』

『そうです。あなたのせいです。あなたがあのボールペンをもっともっと高値で競り落としてくれたら、こんなことにはなりませんでした』

『すみません、すみません、私、どうしたら……』

『気にしないでください。私はいつ死んでもいいと思っているんですから。でも、心残りは『銀河探偵コスモス』のアニメ化です。実は、某テレビ局からアニメ化の話をいただいています。明日、手付金をテレビ局に支払うことになっていたんですが、残念です。こんな状態では動けません。……でも、この話は絶対に進めたいんです。それで、お願いです。テレビ局に支払う手付金、百万円を用意してくれませんか？　そして、私の口座に振り込んで欲しいのです……』

　そんなメールをもらったら、振り込むしかありません。でも、もう私には軍資金はありませんでした。それまでは、娘の進学のために貯めていたお金や、結婚前からこつこつ貯めていたへそくりを充《あ》てていましたが、それも尽きてしまいました。それで、カードローンに手をつけてしまったのです。それでも足りず、闇金も……。

　それ以降も、先生からの無心は続きました。アニメ化を実現するために製作委員会を作ることになったが、資金が足りない。二百万円を振り込んでくれ……まだ足りない、三百万円を……という感じで次々とお金を振り込まされ、結局、一千万円以上の借金をするハメになりました。

先月、それがいよいよ夫の知るところになりました。「いったい、なにに使ったんだ？」激昂《げきこう》する夫に、私はとうとう、白状しました。

私が話し終えると、夫は言いました。

「警察に行こう」

その言葉を聞いて、私は一気に現実に引き戻されました。長い催眠状態から覚めた気分でした。ですが、

「今回だけは、勘弁して。借金は私が働いてなんとかするから。警察沙汰《ざた》にはしないで！」

うまく説明できませんが、自分も悪い……という気持ちがあったんです。なにしろ、娘のためにと貯めていたお金まで使い込んでしまった私です。警察沙汰にしたら、そんな私の悪行まで暴かれてしまう、そしたら娘に顔向けができない！　そんな身勝手な保身からです。

「分かった。今回は警察沙汰にはしない。その代わり、〝先生〟とは完全に手を切れ」

夫にそう言われて、私は内心、ほっとしていました。本当は、薄々気がついていた

のです。私は先生の金づるだって。このままでは骨の髄までしゃぶられて、人生が壊れてしまうって。そう分かっていても、自分の意思だけで先生と切れることができませんでした。……一種の洗脳なんでしょうかね。頭で分かっていても、体が言うことをきかないんです。……あ、これだけは言っておきます。先生とは、いかがわしいことはなにひとつありません。私たちは、『銀河探偵コスモス』で繋《つな》がっていただけです。……変だと思われるでしょうね。男女の仲ならともかく、そうでもない男になんでそんな大金を差し出したのかって。……でも、仕方ないんです。『銀河探偵コスモス』は私の青春で、それを生み出した先生は、『神』そのものだったんですから。

　でも、夫にばれたことで、私の夢見る時間は完全に終わりました。私は、今度こそ『銀河探偵コスモス』から、そして先生から卒業しようと決意しました。

　が、それは先生が許してくれませんでした。先生からのメールは相変わらずで、平均して一日に五十通は届きました。一日に二百通を超えることも。どれも、お金の無心です。ときには、ワン切りも。この着信履歴を見てください。昨日なんか百八十九回もワン切りの電話があったんです！　それだけじゃありません。大量の手紙も届くようになりました。どれも切手は貼っておらず、住所も書かれていませんでした。そう、私の自宅の郵便受けに直接入れられたんです。……一度なんて、娘が通う小学校で待ち伏せされたこともありました！

怒りと恐怖がこみ上げてきました。

もし、娘になにかあったら。

そう思ったら、居ても立ってもいられなくなりました。あれほど警察沙汰にはしたくないと思っていた私ですが、娘に危険が迫っているとなれば、話は別です。気がつけば、私は地元の警察署にいました。対応してくれた警官は言いました。

「それは、立派なストーカーです」

そして、ここを教えられたのです。

警視庁生活安全総務課、ストーカー対策室、特別対策ゼロ係。

略して、「警視庁ストーカー対策室ゼロ係」を。

case1　ミュール

ナオコと再婚したのは、二年前、二〇一四年のことです。

……ええ、そうです。前の妻と別れてすぐに、再婚しました。

前の妻と離婚したのは、性格の不一致というやつです。もちろん、他にも込み入った事情があるんですが、一番の理由は、「相性が悪かった」ということになると思います。相性がよければ、どんな込み入った事情があったとしても、どんな困難が降りかかっても、夫婦で協力して乗り越えることができたと思うんです。

でも、前の妻とは無理でした。なにしろ、夕飯の献立ひとつとっても意見が食い違い、しょっちゅう喧嘩《けんか》していましたから。洗濯物のたたみ方、トイレの流し方、靴の並べ方。そんな日常の些《さ》細《さい》なことで、しょっちゅうです。

地獄でしたね。ストレスで僕は胃をやられました。彼女も相当なストレスを覚えていたようで、激太り。結婚した当初は百五十八センチ五十二キロの標準体型だったのが、離婚時には百キロ近くになっていました。

離婚を切り出したのは、彼女のほうです。

ある日、仕事から戻ると「もう、あなたとは無理」という走り書きと離婚届が一枚、テーブルの上に置いてありました。

部屋を見ると、パソコンとオーディオと、大型テレビがなくなっていました。そして、本棚がスカスカに。高値がつきそうな本だけを持っていったようです。すべて僕の稼ぎで購入したものですが、「慰謝料」だと思えば安いものだと自分に言い聞かせて、諦《あきら》めました。

慰謝料？　よくよく考えれば、僕が慰謝料を支払う理由はなにもありません。財産の分与？　それも、なんだか納得がいかない。だって、彼女が持ち出した家電も本も結婚前に僕が購入したもので、夫婦で築き上げた共有財産といえるものはほとんどないのです。だって、結婚生活は一年もありませんでしたから。正確には十一ヶ月と一週間。この十一ヶ月と一週間で、僕は多くのものを失いました。健康な胃、健全な心、そしてパソコンとオーディオと大型テレビ。

結婚なんて、もうこりごりだ。

やっぱり、僕のような根無し草には「結婚」というシステムは向いていないんだ。これからは独身貴族を貫こう。一人の自由を満喫しよう。周囲になんて言われてもいい、非難されてもいい、バカにされてもいい、僕は独身を貫くんだ。そう決心したのですが。

そもそもが、寂しがり屋なんです。「一人が楽」なんて言ってはみても、時折、無性に人恋しくなることがあります。例えばクリスマス。例えば大晦日《おおみそか》。例えばワールドカップのテレビ観戦。それらを一人で過ごす空《むな》しさは、他者との軋轢《あつれき》で生まれるストレスよりも絶望的で、そして残酷です。二〇二〇年の東京オリンピックのときもこんな暗い孤独の中で過ごすのか……と思ったら、ちょっとした鬱《うつ》状態になってしまったほどです。

　そして、ナオコと出会ったわけです。

ナオコとは、ネットで知り合いました。「出会い系」ではありません。ブログです。ナオコと僕は同じブログサイトに参加していまして、実は、五年ぐらい前からブログ上では「知り合い」でした。

いいえ、正確に言えば、僕が一方的な読者だったんです。ナオコは割と有名なブロガーでして。……日々の出来事について語る日記だったのですが、その過激さが注目されて、アクセスランキングは常に上位。……ああ、ご存じですか？　そうです、そうです。「クズメンと私」というタイトルのブログです。クズな男たちから受けた悲惨な仕打ちを綴《つづ》った日記で、こんなことを言うのもアレですが、ひどく面白くて。

　彼女の日記に触発されて、僕もブログをはじめてみたんです。さすがに、僕は過激なものは書けませんでしたので（そもそも、そんな凄絶な経験はないので）、趣味の写真をアップしたりして、だらだらと続けていました。そしたらある日、彼女のほうから「友人」申請がありました。嬉《うれ》しかったですね。それがきっかけで、コメントを交換したり、お互いのブログに「いいね」を付けあったりしていました。でも、それだけです。実際に会うことはありませんでした。

ところが、二年前のハロウィン、彼女を含むブログ仲間の数人でオフ会をしようということになりまして——

ああ、すみません、なんだか、前置きが長くなりましたね。ここからは、さくさくっといきます。

……そのオフ会で、僕は初めてナオコと会いました。変な気分でしたよ。ネットでは、まるで幼なじみのように馴《な》れ合っていた相手だったのに、実際に会って僕たちが最初に口にしたのは「はじめまして」ですからね。それっきり、次の言葉がでない。

ネットでは、割ときわどい下ネタも飛ばしあっていたのに。

実際のナオコは、ネット上で僕が抱いていたイメージとかなり違っていました。ネット上では、ちょっと危ないやさぐれたイメージがありました。タバコをふかしながらセックスしているような。……言葉が悪いかもしれませんが、「あばずれ」って感じでした。ですが、実際の彼女は、「普通」の中年女性でした。……「普通」の定義が難しいですね。ひとことで「普通」といっても、人それぞれですからね。じゃ、言い換えましょう。『ちびまる子ちゃん』のお母さん。これだったら、分かりやすいでしょうか？　つまり、昭和のお母さん。

そう、第一印象は「お母さん」でした。お母さんが、一生懸命おしゃれして授業参観に来たような。僕が、「はじめまして」以降、言葉を詰まらせてしまったのは、ブログとあまりにイメージがかけ離れていたからです。

ですが、世の中には「ギャップ萌《も》え」というのがありまして。そう、あまりにギャップがあると、かえって「ときめいて」しまうという、例のアレです。

酔いも手伝っていたのかもしれません。終電を逃した僕たちは、気がついたら二人身を寄せ合う形でタクシーに乗っていました。そして、ナオコにこんなことを言っていました。

「俺んちに来ない？　なんなら、籍を入れようよ」

僕は、ときどき、こういう大胆なことをやらかしてしまうんです。普段は、人混みの中に隠れてこそこそと生きているような小心者のくせして、いったいどういう作用なのか、時折、衝動的に変なものを買ったり、人生を左右するような選択をしたりしてしまいます。前の結婚もそうでした。だから失敗したというのに、僕は懲りずに、今回も衝動的にナオコにプロポーズをしていたのです。会ったその日に。

いえ、もしかしたら、僕はすでに彼女に恋をしていたのでしょう、ネット上で。僕は、一日に何度も彼女のブログにアクセスするほどの、ハードな読者でした。ブログの更新が待ち遠しくて、ベッドに入ってもスマホを手元に置いていたほどです。更新のサインがあると、どんな深い眠りの中にあっても飛び起きてスマホに飛びついていました。

……こうなると、片思いに胸を焦がす中学生です。

が、リアルなナオコは、繰り返しますが、僕が想像していたイメージとはかなり違いました。本当なら幻滅して、それまでの恋心も吹っ飛ぶところですが、僕の場合は、まったく違う反応をみせました。仮にナオコが、イメージからかけ離れていたからこそ、僕の恋心に拍車がかかったのです。僕が想像するようなやさぐれた女だったら、僕の恋もそれまでだったかもしれません。

が、違った。ナオコは、「お母さん」でした。しかも、僕より五歳上。しかもしかも、どことなく、自分の母親と似ている。そうなんです、僕は、少しマザコンの気があるんです。前の妻からも、「そのマザコンがもう我慢できない」と何度も言われたものです。

ああ、すみません、また前置きが長くなりまして。前の妻からもよく言われたものです。「あなたは、話が長いのよ。もう少し、要約して」と。

……ということで、僕とナオコは電撃結婚しました。二年前の十一月のことです。

しかし、ナオコという女もたいしたものです。その日会ったばかりの男にいきなりプロポーズされて、それを受けるんですから。

いや、ナオコは、断ることができない女なんでしょうね。男になにかリクエストされたら、それを素直に受けてしまう。だから彼女は、お金を貸したり、貢いだり、暴力を受けたりと、さんざんな目にあってきたんだと思います。

でも、そんな悲惨な体験をネタにして、今では「ブログの女王」などと呼ばれるまでになったのですから、つくづくたいしたものです。転んでもただでは起きないタフな女です。僕との電撃結婚も、早速ネタにしていました。

そんなこんなで、ナオコが僕の部屋に転がり込む形で、新生活がはじまりました。川崎《かわさき》市の鹿島田《かしまだ》駅から徒歩五分ほどのところにある築六年のマンションです。ナオコの荷物は、スーツケースと衣装ケースと、そしてアルミの一斗缶。なんで一斗缶なんだ？　と聞くと、職場の人にもらった缶で、五百円玉貯金に使用しているんだと言っていました。

ところで僕の職場は、南武《なんぶ》線武蔵中原《むさしなかはら》駅から徒歩十分ほどのところにある、某大手電機メーカーの工場です。鹿島田のマンションからは、ドアトゥードアで三十分もかかりませんが、ナオコの職場からは遠くなりました。当時ナオコは青梅《おうめ》にある工場で派遣社員をしていましたが、交通費が自腹なので通いきれないと結婚後すぐに辞め、専業主婦として家に入ることになりました。

ナオコの主婦ぶりはまさに「お母さん」のそれで、とても快適なものでした。居心地もよく、僕は残業を頼まれてもそれを断り、家路を急いだものです。

「もう結婚なんて……」と一度でも思ったことが嘘のように、「結婚って、やっぱり素晴らしい」と、職場の同僚にまでのろける始末。

本当に、僕は幸せを感じていました。

家路を急ぐ道から見える明かりのついた窓、その窓の向こうから漂う美味《おい》しそうな匂い。

ナオコの料理の腕はプロ並みで、いえ、プロ以上で、気取ったメニューではないけれど、どれも僕の胃袋をがっつりとつかむ、素晴らしい味付けでした。ちょっと雑なところもあるけれど、掃除も洗濯もきちんとやってくれていました。

こんなにちゃんとしているのに、どうして、何度も結婚に失敗してしまったのか。

そうなんです、ナオコは、三度、結婚に失敗しています。同棲《どうせい》まで含めると、十本の指でも足りない。いわゆる「ダメンズウォーカー」というやつです。クズでダメな男ばかりを選択し、男のために借金まで繰り返す。

……もっとも、それらの経験のおかげで、ナオコは今ではちょっとした金持ちですが。ダメ男との壮絶な体験記を売りにしたブログの一日のアクセス数は平均で四万、アフィリエイトの広告収入が月に二十万ほど、しかもそのブログは書籍にもなりました。その発行部数は三万部ときいています。一冊千円ですから、単純計算で三百万円の印税が入っています。つまり、ナオコは、仕事なんかを辞めて専業主婦になってもちゃんとした収入があるんです、僕よりはるかに。

僕なんか、所詮《しょせん》、手取り月収二十二万円の契約社員ですから。職場がいくら大手メーカーだとしても、いつ職を失うのか分からない不安定な身の上。しかもボーナスもない。

それを思うと、僕も立派な「ダメ男」ですね。だって、僕より稼ぐナオコに、家事の全般まで任せている。このままでは、ナオコのかつての男のように、ただのヒモ男になってしまう。……いや、すでに、ヒモ男になりつつありました。

一度、ひどい腹痛があって会社を休んだことがあるんです。腹痛は次の日も続いて。三日目には治りましたが、でも会社に行くのが億劫《おっくう》になってしまって。そんな僕の心を読んだのか、ナオコは言いました。「休んだら？　なんなら、会社、辞めたら？生活費は私がなんとかするから」と。僕はその言葉にふらっとすがりつきたくなりましたが、そこはぐっと抑えました。だって、僕はすでに、ナオコには借りがありましたから。前の嫁が持って行ってしまったオーディオ、実は、まだローンが残っていました。その額五十万円。それを、ナオコが支払ってくれたのです。「原稿料が入ったから」と言って。

ナオコは、メジャー出版社が運営するサイトでエッセイの仕事もはじめていたので、ただのブロガーではなくて「先生」と呼ばれる作家になっていました。毎日のように出版社とやりとりしている妻の姿を見ていると、なんだか、自分がみじめに思えて。このまま「ヒモ」になってしまったら、それこそ僕は、ナオコのそれまでの男のようにただの「クズ」に成り下がってしまう。それだけは絶対、イヤだった。

これも、しょうもない「男のプライド」というやつでしょうかね。これが女だったら、甲斐性《かいしょう》のあるいい伴侶《はんりょ》と巡り会えた！　と喜んでいたことでしょう。ですが、僕はとことん「男」なんです。男女平等とはいっても、やはり、妻の稼ぎに依存したくはない……というのが男の本音ではないでしょうか。世間だって、そんな男がいたら「ヒモ」と呼んで蔑《さげす》み、差別します。男は家族を養ってこそ。この見えない呪縛《じゅばく》は「本能」ともいえますし、長い歴史が作り上げた「洗脳」ともいえます。だから、それに逆らうというのは、かなりの覚悟が必要です。

いずれにせよ、「ヒモ」の境遇にだけはなりたくなかった。だから、僕は、奮起しました。ナオコに負けないぐらいの稼ぎを生み出そうと。その甲斐あって、僕も本を出すチャンスを摑《つか》むことができました。

……そうなんです。僕は元々ライター志望なんです。実際、大学在学中は、音楽雑誌や映画雑誌に寄稿していたこともありました。もちろんそれでは食べられないので、大学卒業後はライターの夢はきっぱり捨て、就職しました。……と言っても非正規の契約社員ですが。

　ですからここ数年、僕の執筆の舞台はブログだけで、「まあ、これも自分の人生」と諦めていたんですが。ナオコのおかげで再びチャレンジする情熱が生まれたのです。思い切って、かつてお世話になった出版社に連絡を入れてみました。僕が寄稿していた雑誌はとっくの昔に休刊になっていましたが、馴染みの編集者が書籍部門に異動になっていたのが幸いし、僕はブログの内容をまとめたものを出版することになったのです。それが決まったとき、僕は、

「近々、本を出版することになりました」

　と、ブログで報告をしました。すると、早速、

「どうせ、自費出版なんだろ。あんた、騙《だま》されているよ。こんな底辺のブログが出版されるかよ」

　というコメントがつきました。通りすがりの匿名からです。

　カチンときました。

確かに、僕のブログは超人気のブログから比べれば底辺かもしれません。でも、ア

クセス数は地道に伸び、その頃になると一日平均五千アクセス、そこそこの人気ブログだったのです。内容がちょっとマニアックだったので爆発的なアクセス数にはなりませんが、でも、固定ファンは多かった。出版社の担当も、そこを評価してくれたわけです。

「自費出版ではありません。××社から出ます」

その出版社の名前を知らない人は、たぶん、この国にはいません。通りすがりの匿名もさすがに観念したのか、それきりコメントはありませんでした。それで一安心したのですが——

思えば、これが「異変」のはじまりだったような気がします。

＋

ぱったん、ぱったん、ぱったん、ぱったん、ぱったん……

え？

が、振り向いても誰もいない。

いつ頃からだろうか。この音が、ずっと、つきまとっている。靖彦《やすひこ》は歩を速めた。公園を抜けて角を曲がったところで、音はもうしなくなった。ほっと肩の力を抜くも、

「あれ？　鍵《かぎ》」

もうすぐ我が家……という段になって、靖彦は、鍵がないことに気がついた。カバンをひっくり返す勢いで捜してみるも、ない。上着のポケットにもズボンのポケットにも、ない。

嘘だろう？

朝はちゃんとあったのに。……そうだ。朝、確かに、カバンに入れた。

「なんなんだよ。まったくさ！」靖彦は、コメディアンのように肩を竦《すく》めた。ここ最近、トラブル続きだ。

まずは、財布がなくなる。だから予定の電車に乗れなくて仕事に遅刻、こっぴどく叱られる。次に、送ったはずのメールが届いていない。届くはずの郵便も届かない。そのせいで、取引先からクレームがじゃんじゃん来る。

そして、鍵をなくす。

これらは、この二日間で起きたことだ。それらが一年、二年かけての出来事ならば、気にもしなかっただろう。が、これらが二日のうちに立て続けに起きたとなると、また話は別だ。なにかの「意図」を感じずにはいられない。

ぶるるるるっ。

今度はなんだ？　靖彦は、身構えた。

なぁんだ、スマホのバイブレーションか。

見ると、古い友人からのメールだった。開くと、

「もう、あなたのことは信用できません。これ以降、あなたのメアドと電話番号はアドレス帳から削除します。あなたのほうからも、連絡してこないでください」

絶交通達だった。

これで、もう三人目だ。この二日間で、三人の友人を失った。

いったい、何が起きているんだ？

靖彦が心ここに在らずの状態で夕飯のチャーハンを食べていると、

「ね、前の奥さんのことなんだけど――」

と、妻のナオコが出し抜けに、元妻の話を振ってきた。

「前の奥さん？……ミユキがどうした？」

「……今でも、すぐに名前が出てくるんだね」

「え？」

「かっちゃん、ときどき、私のこともミユキって呼ぶよね」

「あ、ごめん、違うんだよ、他意はないんだ、……ただの癖というか、習慣というか。……ごめん、気をつける」

謝ってはみたものの、ナオコも自分のことをときどき「かっちゃん」などと無意識

に呼んでいる。今もそうだ。「かっちゃん」とは、たぶん、ナオコの前の男だ。

ナオコいわく、史上最低最悪のクズ男。ナオコがかかわった数多いクズ男の中でも抜きんでた「クズ」。だまし討ちのようにナオコを家に連れ込み、洗脳し、仕事を辞めさせ、監禁し、全財産を巻き上げ、借金まで背負わせた極悪人。さらに逃げるナオコをどこまでも追いかけ、そしてついには逮捕された、クズどころか反社会的悪人。

……そんな人物の名前で呼ばれるのは正直胸くそが悪すぎる。が、それだけ洗脳されていたのだろう、そして深いトラウマになっているのだろう。だから、靖彦は、何事もなかったように話を繋《つな》いだ。

「で、ミユ……前の奥さんがどうしたって？」

「メールが来たのよ」

「メール？」

「おかしいでしょう？　なんで、私のメアド、知っているんだろうって。……教えた？」

「え？　……いや、いや、いや。まさか、教えるはずないよ。そもそも、離婚してから連絡すらしてない」

「本当？」

「本当だよ」

「じゃ、なんで、私のところにメールが来たの？」

「知らないよ、本当だよ。……で、メールにはなんて？」

「ウイルスだった」

「マジ？　感染しちゃった？」

「ううん。開ける前に、削除したから」

「……それ、本当に、前の奥さんから？」

「うん、間違いない。……、ね、前の奥さんとは完全に切れたの？　なにか、遺恨はない？」

「遺恨？　遺恨ってなんだよ？」

「まだ未練があるとか」

「未練なんか、あるわけないだろう」

「違うわよ、前の奥さんがあなたに未練があるんじゃないのって、言っているの」

「え？　どういうこと？」

「今まで黙っていたんだけどさ」

　ナオコが言うには、前の妻……ミユキからの接触は、これがはじめてではないのだという。

「……え、ブログにも？」

「うん。先月ぐらいから、変なコメントがつくようになって。通りすがりのいたずらだと、はじめは無視していたんだけど」

言いながら、ナオコはタブレットをテーブルに置くと、軽快に指を滑らせた。

「これ。これを見て」そして、タブレットを靖彦に差し出した。

『神様はすべて知っている』

『おまえに幸せになる資格はない』

『天誅《てんちゅう》』

それらは、確かに気になるコメントだった。

「それだけじゃないのよ」

ナオコが、上目遣いで呟《つぶや》くように言った。

「実は……私の貯金がなくなったの。昨日」

「え？」

「缶の中に入れておいた五百円玉が、なくなっているのよ。……三万二千五百円分も」

……ああ、あの缶か。職場の人にもらったという一斗缶。確か、その缶を使って五百円玉貯金をしていたんだっけ。

「私、てっきり、あなたが……」

「いや、いや、マジで知らないって、俺じゃないって」

それは神に誓って本当だった。その缶の存在は知っていたけれど、その中身を盗むなんて。

「ごめん、疑って。……じゃ、誰が？　もしかして、この部屋に私たち以外の誰かが侵入しているってこと？」ナオコが、怯《おび》えるように言った。

「どういうこと？」

「この部屋の合鍵、……前の奥さんも持っているんじゃない？」

　言われて、悪寒が走った。

　ナオコの指摘通りだ。ミユキはかつてこの部屋に住んでいた。だから、当然、合鍵も持っている。彼女は出て行ったが、合鍵を置いていった形跡はない。

「……もしかして、前の奥さん、この部屋に入っているんじゃないかって」

「まさか」

　否定はしてみたが、悪寒は止まらなかった。

「それだけじゃないの。……私、誰かに監視されているような気がして」

「……どういうこと？」靖彦の悪寒は、舌にまで到達したようだった。声が、ひどく震えている。

「いつでも気配を感じるのよ、背後に。誰かに尾《つ》けられているような。……あなたはどう？」

「どう……って」

「……ね、あなた、前の奥さんとは、本当に、ちゃんと別れたの？」

「だから、ちゃんと別れたよ。というか、あっちが出て行ったんだ」

「でも、きっと、まだ未練があるんじゃ……？」

「それはない……と思う。繰り返すけど、あっちが出て行ったんだから。俺は、愛想を尽かされたんだ」

「あなたって、女心を分かってない」

「え？」

「女ってね、どんなに嫌で別れた男であったとしても、男のその後が気になるものなのよ」

「……どういうこと？」

「だから。自分と別れた男が、幸せになっているのか、それとも不幸せなのか、気になるものなの」

「それは、男も気になるよ。元カノはちゃんと暮らしているかな……とか」

「ううん、そんな単純なもんじゃないの。女はね、別れた男には、できれば不幸せでいてほしいのよ。自分と別れたせいで幸せから見放された……と思いたいの」

「……屈折しているな」

「きっと、あなたの前の奥さんも、そう思っているはず。なのに、あなたったら、今の幸せな様子をブログに書いているでしょう？」

「まあ、……あんまりネガティブなことを書くのは苦手なんで」

「前の奥さん、間違いなく、あなたのブログをチェックしているわよ」

「……そうかな」

「そして、あなたの幸せそうな様子を見て、カリカリしているはず」

「……そうかな」

「自分と別れてどうしてそんなに幸せなの？　充実しているの？　って」

「……そうかな」

「そしてその矛先は、いよいよ私に向けられたのよ。今の『妻』である私にね。一種の嫉妬《しっと》ね」

「嫉妬？」

あのミユキが、嫉妬している？　自分から出て行ったくせに、今更？

「それが、女心ってやつ。自分抜きで幸せになっている人が憎くて仕方ないの。……だから、私のブログに脅迫まがいのコメントを残したり、この部屋に侵入したりしているのよ。……こうなると、ストーカーね」

「……ストーカー」

「とりあえず、鍵を替えようよ」

鍵といえば。

「今日、鍵をなくしたんだよ。幸い、君がいてくれて助かったけど。……おかしいんだよ、絶対、カバンの中に入れたのに。……ないんだよ」

「いやだ、鍵、なくしたの？」

「うん……」

「だったら、なおさら鍵を替えようよ。明日《あした》、早速、鍵屋さんを呼ぼうよ」

「明日は祝日だけど――」

「大丈夫よ。やっているわよ。だってほら」

言いながら、ナオコはチラシをテーブルに置いた。鍵屋のチラシで、確かに「年中無休」と書いてある。

ナオコの提案に従って、翌日、鍵屋を呼んだ。が、当のナオコは出版社と打ち合わせがあるとかで外出してしまい、靖彦一人で、鍵屋を迎えた。

鍵屋は、立っているだけで息が上がるという感じの太っちょで、実際に、はっはっと呼吸が荒かった。

「はっ……もしかして、はっ……お宅も、はぁ……何か盗まれたんですか？　……はっ」

　ひじきのような髪をしきりに撫《な》でつけながら、太っちょの鍵屋は部屋の中を覗《のぞ》き込んだ。それを遮るように靖彦は鍵屋の前に立ちはだかり、作業を促した。でも、気になった。

「お宅も……とは、どういうことですか？」

「はっ……今日……はっ……五軒目です……はっ」

「繁盛してますね。まだ、昼前なのに」

「はっ……なんでも、この辺で……はっ、窃盗事件が続いているらしいです……はっ」

「窃盗？」

「……はっ……今週に入ってから……立て続けですって……はっ」

　鍵屋は、太っちょで息も絶え絶えだったが、仕事は的確で早かった。ものの五分で錠を取り替え、そして新しい鍵が入った小箱を靖彦に差し出した。

「はっ……最新式のやつですから……はっ……合鍵は簡単には作れません……はっ……ピッキングもできません……はっ……三万五千円になります……はっ」

　そして、鍵屋は次もあるからと、その巨体を器用に揺らしながら、立ち去って行った。

「窃盗事件は、うちだけじゃなかったんだ」

靖彦は、早速新しい鍵を鍵穴に差し込んでみた。ナオコが帰宅するのは夕方だ。外で昼食をとってそのあとは書店にでも行ってみるか……という気になったのだ。

「……だとしたら、ミユキ犯人説はちょっと弱いな」

靖彦は、ぶらぶらと歩きながら思った。

確かにミユキは合鍵を持っているかもしれない。だからといって、それを使って部屋に侵入するとはどうしても考えられなかった。百歩譲ってナオコの言う通りの「嫉妬」という感情が生まれたとしてもだ。

……何しろミユキは、高校の教員だ。教育する立場の人間が、そう簡単に法を犯すようなことをするだろうか？

ぱったん、ぱったん、ぱったん、ぱったん、ぱったん……

え？

強烈な、気配。振り返ってみたが、そこには見慣れた風景が広がるばかり。

気のせいか？

ぱったん、ぱったん、ぱったん、ぱったん、ぱったん……

え？

やっぱり、気のせいじゃない。

ぱったん、ぱったん、ぱったん、ぱったん……

目を凝らしてみると、公園の茂みの向こうを、人影が駅に向かって歩いている。

足元を見ると、ヒールがついたサンダルだ。

「ミュールっていうんだよ、それ」

夕食時、ナオコがどこか暗い眼差《まなざ》しで言った。

「ミュールっていうんだ。あれ、煩《うるさ》いよね。ぱったん、ぱったん……て」

「……うん」

「ところでさ、今日、鍵屋さんが言っていたんだけど、この辺、窃盗事件が続いているんだってさ」

「そう」

「だから、一斗缶の五百円玉を盗んだのは……ミユキ……前の奥さんは関係ないんじゃないかな……って」

「そう」

「どうしたの？」

ナオコの様子が何かおかしい。いつもは、「おかわりは？」とか「もっと食べる？」とか、母親のように声をかけてくるのに、今日は、黙々と、箸《はし》を動かすばかりだ。

「ね、どうかした？」

訊《き》くと、

「……かっちゃんかもしれない」と、ナオコはえずくように言った。その顔は、真っ青だ。

「かっちゃん？」ナオコの、前の男だ。最低最悪のクズ男。

「うん、かっちゃん。……私たちにつきまとっているの、あいつかもしれない」

「いや、だって。……逮捕されたんだろう？」

「うん、逮捕された。でも、執行猶予がついて、今は釈放されている」

「マジ？」悪寒が全身に走る。

「うん、本当。……だから、かっちゃんかもしれない」

「っていうか、その男、一体全体、何をやらかして、逮捕されたんだ？」

「……窃盗」

「窃盗？」靖彦は、バカみたいに、ナオコの言葉を繰り返した。

「そう、窃盗。それも、女性用の靴ばかり」

「……靴？」

「かっちゃん、そういう変な趣味があったんだよ。女性用の靴をコレクションして。はじめは自分で買っていたんだけど、いつ頃からか、盗むようになって。……しかも、自分で履いたりして。……特にミュールがお気に入りで」

「ミュールが……お気に入り？」

ぱったん、ぱったん、ぱったん、ぱったん……

昼間に聞いた、あの音が蘇《よみがえ》る。公園の茂みの向こうにいた人影。……かっちゃんだったのか？

「……かっちゃんは、正真正銘の変態だから。いくら言っても治らなかった。だから、私が警察に通報したんだけど」

「君が、……突き出したの？」

「そう。犯罪を見逃すことができなかったっていうのもあるけど。……別れたかったから。……だから、かっちゃん、私のことを恨んでいるはずなんだ。復讐《ふくしゅう》しようとしているのかも」

「……復讐？」

その言葉は、やけに生々しい響きだった。

「私、怖い。……ね、明日は仕事休んで。そして、私のそばにずっといて。明後日も、明々後日も、ずっとそばにいて」

ナオコが、小動物のように震えている。こんな姿を見たら、どんなことをしても助けてやりたいと思う。でも、ずっとそばにいるわけにはいかない。だって、仕事が…

…。今、仕事を休むわけにはいかないんだよ。それでなくても、取引先から信用を失いかけている。今は、正念場なんだ。

「大丈夫よ。私が、稼ぐから。だから、……ずっと私のそばにいて」

ナオコのその言葉には、どこか甘美な響きがあった。靖彦は、ほだされるように「……そうだな」と頷《うなず》きそうになったが、その一歩手前で、ぐっと顎《あご》を引いた。

「いや、ダメだよ、仕事は休めない」そう言うと、

「……そう」と、ナオコは冷たく呟いた。

「どうなっても知らないよ。どうなっても……」

ナオコの目が、見たことのない色で染まっている。

それはまるで野犬のようで、靖彦はぎょっと、身を竦めた。

その拍子に手にしていた箸がポロリと滑り落ち、ナオコの足元に転がっていった。

+

「助けてほしい」

涙声で訴えるかっちゃんを前にして、橋田《はしだ》結花《ゆか》は困惑した。……はてさて。この男とどう向き合えばいいのか。

従姉妹《ユリエ》の前夫であるかっちゃんこと、藤川賀《ふじかわか》津夫《つお》から連絡があったのは先週のこと

だ。

「助けてほしい」

縁が切れたとはいえ、一度は親交があった仲だ、それに「相談者」ともなれば無視もできない。結花は、藤川賀津夫の訪問を許した。

「つまり、藤川さんは、ストーカーの被害にあわれているということですか？」

結花は、つとめて他人行儀に接した。

「違います、僕じゃない。僕は、もう、解放された。……皮肉なことに、逮捕されたことが幸いして、最悪の事態は免れたんです」

そう、藤川賀津夫は、去年、逮捕された。女性用の靴を盗んだという罪で。確かに、変な趣味があったとは聞いていた。女性の靴を写真に撮って、それをブログにアップする……という趣味だ。それだけならば、罪にはならない。が、盗んだともなれば、話は別だ。

「違いますよ、僕は、盗んでなんかない」

「でも、認めたんでしょう？　認めたから裁判にもなって、有罪になったんじゃない。執行猶予はついたけれど」

「認めたのは……あの女から逃れるためです」

「あの女？」

「再婚相手です」

「ナオコ？」

「ご存じなんですか？」

「ええ、……まあ。……彼女《ユリエ》から聞いています」

「そうですか！　今も、彼女《ユリエ》と？」

「ええ、もちろん。……なにしろ、彼女《ユリエ》は従姉妹《いとこ》ですから」

「あいつ、僕のこと、なんか言っていますか？」

「いえ、……特には」

　嘘だった。従姉妹《ユリエ》は、元夫である賀津夫のブログをずっとチェックしていた。もちろん、元夫の再婚相手であるナオコのブログも。自分と別れたあと、賀津夫がどんな暮らしをしているか気になったからだという。彼女いわく、ナオコのブログに登場する賀津夫は、それはそれはダメ男らしい。確かに、ダメなところはあったけれど、そんなにひどかっただろうか？　それとも、再婚したことで性格がねじ曲がってしまったのか？と、心配半分、「ほら、私との結婚のほうが幸せだったでしょう？」という優越感半分で、従姉妹《ユリエ》はそれぞれのブログを追っていた。そして、あるとき、こんなことを言った。

　ナオコっていう女は、「ダメンズウォーカー」なのではなく、「ダメンズメーカー」

なのでは？　と。

「そう、当たりです」

　賀津夫が肩を竦めた。

「そう。男をダメにする女なんです、ナオコは。……とはいえ、ナオコと結婚してしばらくは、幸せでした。でも、僕のブログが書籍化されることになって。そのあたりから、ナオコの攻撃がはじまったんです。……あの女はね、ダメな男に尽くす自分に酔っていただけなんですよ。相手の男がダメであればあるほど、承認欲求が満たされる。だから、男にはとことんダメであってほしい。少しでも自分より優《まさ》っていたりすることが許せないんですよ」

「代理ミュンヒハウゼン症候群の一種かしら」

「よくは分からないけれど、なんかの心の病だとは思います。……僕が本を出すってなってから、ナオコはおかしくなったんです」

「どんなふうに？」

「僕のブログに、通りすがりを装って、攻撃的なコメントをつけたり。出版社からの宅配便を捨てたり。僕の会社に僕の名前で『辞職します』と勝手にメールしたり。僕の友人たちに悪口メールを送って僕の信用を失墜させたり。とにかく、僕の仕事をとことん邪魔して、僕の社会的信用をとことん壊しました。……挙句の果てに、やってもいない盗みをでっち上げて、警察に通報しやがったんです。……本が出版される前日にですよ。もちろん、出版は中止。なのにあの女、『出版社から違約金を請求されたから、私が払っておいたわ』って、恩着せがましく。まったく、とんでもない女ですよ！　ただ、ラッキーだったのは、あの女、僕の裁判中に男を作って、僕を捨ててくれたことです」

「なるほど。じゃ、今は、ナオコからは解放されているのね」

「あいつのブログには、僕は最低最悪のクズ男として、いまだに登場していますけどね。『家に連れ込み、洗脳し、仕事を辞めさせ、監禁し、全財産を巻き上げ、借金まで背負わせた』って。全部嘘ですよ。でも、そんなことはもう大したことじゃない。言わせておきますよ」

「じゃ、なんで、今日は？」

「……余計なお節介かもしれないけれど、ナオコの今の旦那《だんな》のことが気になっているんです」

「今の旦那さん？」

「ヤスヒコっていう名前です」言いながら、賀津夫はメモ帳に〝靖彦〟と書き殴った。

「なんでも、フリーの編集者をしているらしいです」

「その人とは、お知り合い？」

「いいえ」

「なら、なぜ、気になるの？」

「……ナオコはね、今までに何人ものダメ男と付き合ってきた。……本当にダメだったのかどうかは、今となっては大いに疑問ですけどね。たぶん、ナオコが男たちをダメにしていたんだと思います。で、その男たちの実態がよく分からないんです。……生きているのか死んでいるのか」

「どういうこと？」

「ナオコと暮らしていたときのことです。あいつはアルミの一斗缶を持ち込んだんです」

「一斗缶っていったら、結構大きいわね。いわゆる、灯油缶のサイズでしょう？」

「そうです。ナオコは五百円玉貯金に使用していたんですけど。……あるとき、どうしても欲しい靴があって、でもお金が足りなくて、その一斗缶から五百円玉を何枚か拝借しようと思い立ちましてね。蓋《ふた》を開けてみたことがあるんですけれど……」

「開けてみたら？」

「五百円玉の他に、……腕時計やらスニーカーやら手帳やらがごった煮状態で詰め込まれていました。……ほとんどが紳士用でした」

「ということは、……まさか」

「今までの男の私物でしょうね。しかも」

「しかも？」

「……いいや、もう、思い出したくもない。……でも、これだけは言えます。ナオコは、男たちをことごとく殺害しているって。僕はたまたま逮捕されたから、ナオコの毒牙《どくが》にはかからなかったけれど」

「……じゃ、ナオコの今の旦那さん……靖彦さんは？」

「たぶん、このままでは……。縁もゆかりもない男性だけど、できれば、彼を助けてほしい。でなければ、彼は、ナオコに殺される。間違いなく、殺される。……どうにかならないでしょうか？」

　なかなかに、興味深い事例だった。結花は、ペンを握りしめた。

「分かりました。……では、ナオコと結婚した経緯をはじめからご説明いただけますか？」

「ナオコと再婚したのは、二年前、二〇一四年のことです。

……ええ、そうです。前の妻《ユリエ》と別れてすぐに、再婚しました。

前の妻《ユリエ》と離婚したのは、性格の不一致というやつです。もちろん、他にも込み入った事情があるんですが、一番の理由は、『相性が悪かった』ということになると思います。相性がよければ、どんな込み入った事情があったとしても、どんな困難が降りかかっても、夫婦で協力して乗り越えることができたと思うんです。

でも、前の妻《ユリエ》とは無理でした――」

＋　＋　＋　＋

「それで、あなたは、ナオコの前の旦那に依頼されて、今の旦那に接触しようとしたんですね。……ナオコの毒牙から守るために」

――はい。ナオコは、相当ヤバい女です。

「なるほど。確かに、話を聞いただけでも、とても危険な香りがします」

――危険な香り……なんてもんじゃありません。殺人事件が起きたんですから。

「殺人事件？」

――はい。昨日の夜、遺体で発見されました。

「場所は？」

――自宅マンションです。昨日の夜、殺害されたようです。……私が、遺体を発見したんです。

「あなたが？　なんで、また？」

――話すと長くなるんですが……。

「かまいませんよ」

――いえ、そういうわけにはいきません。なにしろ、時間がありませんので。……ですから、要点だけご説明させていただきます。

「助かります」

――藤川賀津夫に依頼されて、浜田《はまだ》靖彦さんの様子を密《ひそ》かに監視していました。

「藤川賀津夫というのは、ナオコの元夫ですね？」

――はい、そうです。ナオコの元夫が藤川賀津夫で、今の夫が浜田靖彦です。

「ナオコの元夫が藤川賀津夫で、今の夫が浜田靖彦ですね」

――はい。藤川賀津夫に依頼されて、私、浜田靖彦の周辺を内偵していたんですが。藤川賀津夫が言うように、浜田靖彦の周辺でおかしなことが次々と起こりました。財布がなくなったり鍵がなくなったり、メールの誤動作もあったようです。そのせいで、浜田靖彦は、仕事上での信頼を失いかけていました。

「それらは、妻のナオコの仕業だと？」

――ええ、その可能性が高いですね。なにしろナオコは病的に支配欲が強く、パートナーが自分より優位に立つのがどうしても許せなかったようです。一種の自己愛性パーソナリティ障害でしょうか。さらに異様に嫉妬深く、パートナーに限らず、誰かが成功したり幸せをつかんだりすると、それを破壊しないではいられないという――

「それは、〝嫉妬〟ではなく、〝羨望《せんぼう》〟ですね」

――〝嫉妬〟と〝羨望〟は違うんですか？

「はい。心理学では、まったく異なる感情として捉《とら》えます。〝嫉妬〟つまり〝jealousy〟は、三人以上の人間関係で沸き起こる感情で、自分が愛情を示している相手の心を奪う存在に対して抱く〝怒り〟や〝憎しみ〟のことをいいます」

――例えば、妻が夫の浮気相手に抱く〝嫉妬心〟のことですね。

「そうです。〝嫉妬〟は、〝愛情〟があってこその〝憎しみ〟といえます。なので、〝愛情〟が消えれば、その〝嫉妬心〟もなくなります。ところが、〝羨望〟は違います。〝愛情〟などはもはや関係ありません。自分以外の者が、優れた物を持っていたり幸福だったり満たされていたり成功したりすることへの〝怒り〟または〝憎しみ〟のことをいいます」

――なるほど。自分よりいい車を持っている、自分より出世している、自分より稼いでいる……というのが理由で、執拗《しつよう》に批判したり攻撃したりするのが、羨望？

「そうです。〝羨望〟は、もちろん誰でも持ちうる感情ですが、自己愛性パーソナリティ障害の人間は、〝羨望〟の感度がとてつもなく凄《すさ》まじいのです。自分より少しでも恵まれている人を見たら最後、身もだえするような激しい羨望に駆り立てられ、その対象を執拗に攻撃し、とことん破壊しようとします。その病的な性質が〝障害〟と言われる所以《ゆえん》です」

――なるほど。ならばナオコは……。

「ナオコを突き動かしていたのは、〝嫉妬〟なのか〝羨望〟なのか。もう少し、資料が欲しいところですが」

――そうおっしゃると思って、ナオコを知る人物から色々と話を聞いていたところなんです。事件が起きる三日前にも、青梅の会社に勤める、ナオコのかつての同僚B子さんにお会いしました。色々と興味深いお話を伺うことができましたので、文章にしてきました。テープをそのまま起こしたものですのでお見苦しい箇所もございますが、ご参考までに。

＋　＋　＋　＋

……ナオコさんと一緒に仕事をしていたのは、ほんの八ヶ月ほど。

私は契約社員として、彼女は派遣社員として働いていました。

ナオコさんは、ぱっと見は人当たりのいい地味なおばさんでした。……おばさんっていっても、当時はまだ三十代半ばでしたけど。……でも、典型的な老け顔で、十歳は年上に見えたかな。それに、恰幅《かっぷく》がよくってね。私たちは、陰で「どすこいさん」なんて呼んでいたんです。

ひどい渾名《あだな》だって？

そんなことはありませんよ。私なんて、彼女にもっとひどい渾名をつけられていましたから。「くされ干しぶどう」ってね。

あるとき、更衣室で彼女に半裸を見られたことがあって。ちょうどブラをはずしているときに。その夜ですよ、彼女ったら、私の乳首を「くされ干しぶどう」って。それ以来、私のことを「くされ干しぶどう」って呼ぶようになりました。もちろん、ブログの中だけですけれど。

まあ、悪趣味なブログですよ。悪口の羅列。しかも、下ネタ満載。さらに、自撮りの画像だらけ。どんだけナルシスト？　って感じです。

でも、顔の全体像は絶対載せないんです。耳朶《みみたぶ》だけとか、唇だけとか、胸元だけとか。しかも、めっちゃ角度をつけて影も飛ばしてましたから、一見、いい女ふうに見えるんですよね。あれですよ。詐欺師や天性の嘘つきがやる手口ですよ。例の首都圏連続不審死事件の死刑囚Kもまったく同じ手口だったでしょう？

部分だけの画像を載せる女性には要注意です。顔バレしたくないから部分しか載せてないんじゃないかって？　違いますよ。顔バレしたくなかったら、はじめから、自撮り画像なんて晒《さら》しません。自撮りを見て欲しくてしかたない自己顕示欲と、そして自分の容姿に自信がないコンプレックスのせめぎあいなんでしょうね、ああいう画像を晒しちゃうのは。

ほんと、イタい人です。

でも、男の人って、コロッと騙されちゃうんですよね、ああいう嘘っぱちの画像に。なんでなんだろう。特に、胸元をアップしたときはアクセス数がグーンと伸びて。彼女の実像を知っている私から見れば、「げっ」とドン引きなんですが。

あ、それと。モテ自慢もすごかったですね。何人の男と寝た……とか、二番目の男のあそこが大きくて今でも忘れられない……とか。一方、不幸自慢もすごかった。男に金を騙し取られた……とか、最初の夫の暴力がすごかった……とか、二番目の夫には洗脳された……とか。

あと、学校でひどいいじめにあって自殺未遂を起こした……とか、今の職場でもいじめにあって、死にたい……とか。言いたい放題。まさに、韓国ドラマのような波《は》瀾《らん》万丈《ばんじょう》でドラマチックな人生。

そのせいか、彼女のブログ、かなり人気がありましてね。ちょっとした有名ブロガーでした。読者の大半は、野次馬根性で見ていたんだと思います。匿名掲示板でも、スレッドが立つぐらいですから。ああ、あと。なんか、ペンネームで本も出していたみたいですね。売れていたのかどうかは、分かりませんが。

もちろん、職場ではブログのことも本のことも隠していましたけど。「あたし、パソコンとか疎くて……」とか、ぶりっこしてましたよ。

　でも、ばればれ。職場のみんな、知ってました。というか、熱心な読者でした。

「お手洗いに行ってくる」と言いながら、彼女のブログをチェックする人までいて。

私も、そうです。私なんか、家に帰っても五分おきに彼女のブログにアクセスしてましたよ。お風呂《ふろ》に入っていても気になって、つい、お風呂の中にスマホを持ち込んでしまったことも。防水仕様ではなかったので、まんまと壊れてしまいましたが。

なぜ、そこまでしたのか？　だって、彼女に悪口を書かれてないか、気になって気になって仕方なかったから。彼女ったら、「職場でいじめられている可哀想なあたし」っていうキャラ設定でしたので、私たち職場の同僚が、頻繁に悪役で登場していたんです。「くされ干しぶどう」って渾名をつけられた私なんて、社員をいたぶるスケバン……とかなんとか書かれてましたからね。他の同僚も、同じようにブログで悪口を書かれて、だから、みんな、取り憑《つ》かれたように彼女のブログをチェックしていたんです。

　でも、それだけじゃありません。

　自分の悪口はいやだけど、自分以外の人に向けられた悪口はおもしろくて可笑《おか》しくて。自分が常日頃思っているようなことをズバリ代弁してくれたりするので、飽きることがなかったんです。……本音を言うと、その悪口を見るのが一番の目当てだったかもしれません。

我ながら、あの頃はどうかしてた。

生活のすべてが、彼女のブログに乗っ取られていた感じです。

彼女のブログを見て怒ったりイライラしたりモヤモヤしたり、ときには笑ったりして。職場に行けば、同僚たちとみんなでブログの内容につっこんだり、バカにしたりと悪口大会。それが、また、楽しくて。

でも、楽しんだあとに、ふと、虚無感に襲われるんですよね。

「私、なにやってんだ？」って。これじゃまるで、彼女に踊らされているだけじゃないかって。……ほんと、バカみたい。なのに、やめられない。

きっと、彼女のブログの読者は、みんなこんな感じだったんじゃないでしょうか？

どうしてもやめられない。

……なんだろう？　足の裏の臭いをつい嗅《か》ぎたくなるような？　それとも排水溝に絡まった髪の毛を見たときのゾワッとする感覚というか？　いずれにしても、臭いものや汚いものって、気になって仕方ないじゃないですか？　それと似ている気がします。

え？　ナオコさんの男性遍歴について？

ああ、ブログにも色々と書かれてましたね。あれ、概《おおむ》ね真実なんじゃないでしょうか。

彼女がうちの会社に派遣されてきた時点で、すでにバツ2でした。そのあと、二度も結婚しているんですからね。ほんと、その点は見習わないと。

……いいえ、見習っちゃいけませんね。だって、どれも見事に破綻《はたん》。

まあ、自業自得ですけれど。

彼女、誰とでもすぐにやっちゃうんです。そう、セックス。職場の男子社員とも、軒並みやってたと思いますよ。どれも酔った勢いで。ほんと、男ってダメですよね。酔うと、相手なんか誰でもいいんですから。なのに、彼女、自分に魅力があるからだ……自分は魔性の女だ……なんて、ブログの中で自惚《うぬぼ》れてましたけど。

こんな言い方好きじゃないけれど、ただの〝公衆便所〟だったんです。

だから、ロクでもない男ばかり捕まえちゃうんでしょうね。……男運が悪い？　いいえ、違います、彼女自身が、ダメ男を選んでいるんですよ。ダメ男に苦労している自分、泣かされている可哀想な自分……というのに、酔っていたんだと思います。

でなきゃ、何度も同じ失敗を繰り返すはずないですもの。

二度も結婚に失敗したというのに、また結婚する……と聞いたときは、給湯室で大笑いしたものです。「どうせ、また、ダメ男なんでしょう？」って。

それでも、私たちは「おめでとう、幸せにね」って、花束をプレゼントしたもんです。

そのあとすぐに職場も辞めてしまいましたが、私たちの予感が当たったことは、彼女のブログで知ることができました。

確か、そのとき結婚した男性、逮捕されたんですよね？　窃盗か何かで。

窃盗といえば。……ここだけの話、ナオコさんも、ちょっと盗癖が。

それにしても。

ナオコさんという人は、つくづくすごい人です。だって、逮捕された夫の裁判中に、次の男をちゃっかり捕まえるんですから。

確か、その人と再婚しているんですよね？　いったい、何度目の結婚？

……え？　今も彼女のブログをチェックしているのかって？　ええ。もちろん。最近では、一斗缶の中の五百円玉を盗まれたとか。……コツコツ貯めた五百円玉なのに悔しい……って。……なに言ってんだか。その一斗缶は……。

ああ、そうだ。ところで、あなた、ナオコさんのお宅、ご存じなんですか？　もしよかったら、教えていただけません？　なぜって。だって、私、予感がするんです。……何か〝事件〟が起こるって。だから、ナオコさんに会って、励ましてやりたくて。……なんだかんだ言って、私、ナオコさんのファンなんですよ。彼女のブログがなくなったら、楽しみがなくなっちゃいますから。だから、彼女に会って、言ってやりたいんですよ。「気をつけてね」って。

+　+　+　+

「B子さんの予感通りに、実際に〝事件〟が起きたというわけですね」

――はい。B子さんに話を聞いた三日後、つまり昨日、〝事件〟が起きました。

「あなたが、遺体を発見したんですよね？」

――はい、そうです。

「その経緯を、聞かせてください」

――先程も申しましたが、私は、浜田靖彦さんの周辺を色々とうかがっていました。

「尾行していたと？」

――はい。もちろん、浜田靖彦さんには気づかれないように、慎重に行いました。そんなあるとき、私、見てしまったのです。そう、事件が起きる、二日前。鍵屋が、浜田靖彦さん宅に忍び込んでいるところを。

「鍵屋？」

――はい。浜田靖彦さんが鍵の交換を依頼した鍵屋です。

「鍵屋が？　なぜ？」

――鍵屋の名前は、藤川佑里恵《ユリエ》。

「フジカワ……。藤川!?　藤川っていうことは、もしかして――」

——はい。そうなんです。お察しの通り、鍵屋は藤川賀津夫の前々妻です。藤川賀津夫が、ナオコと再婚する前に結婚していた女です。……元夫に対する未練なのでしょう、離婚してからも旧姓に戻ることなく、〝藤川〟を名乗っていました。

ちなみに、藤川佑里恵は、私の従姉妹です。……昔は、すらっとした美人だったんですけれど。なのに、あんなことをしてしまうなんて。本当に信じられない。

「そうですか。あなたの従姉妹の藤川佑里恵が……」

——ちなみに、ここに藤川佑里恵の供述調書があります。お読みになりますか？

「ええ、もちろん」

＋　＋　＋　＋

ええ、そうです。私が、やりました。

だって、仕方なかったんです。

でも、でも！

むしろ、私のほうが被害者なんです。私のほうが、あいつらの何倍も苦しんでいるんです。私はただ、この苦しみから解放されたかったんです！

……ええ、そうです。賀津夫さんとの離婚を切り出したのは私のほうです。

「もう、あなたとは無理」という走り書きと離婚届をテーブルの上に置いて、私が家を飛び出したんです。

でも、そんなの、狂言に決まっているじゃないですか。〝離婚〟をちらつかせれば、賀津夫さんも本気で私と向き合ってくれると思ったんです。

……結婚する前は、あんなに優しかったのに。私の言うことはなんでも聞いてくれて、どんなときも私の都合に合わせてくれました。ところが、結婚した途端、私のことなんか二の次……三の次になりました。釣った魚には餌をやらない……って本当なんですね。その変わりように、戸惑うばかりでした。結婚前は美味しい美味しいと食べてくれたパクチーとチキンのサラダ、なのに結婚後は「変な臭いがする」って、箸をつけなくなりました。「なんで？ 前は美味しいって」と反論すると、「あのときは、我慢してたんだよ。そもそも、俺、パクチーが嫌いだって、言ったよな？」と逆ギレ。靴下のたたみ方が気に入らないって、怒鳴られたこともありました。逆に、私が怒鳴ることもありました。あの人、トイレを流さないことが度々ありまして。何度注意しても流し忘れるので、つい。……ああ、あと。あの人、靴に対するこだわりがすごくて、その並べ方でもしょっちゅう、言い争いをしていましたね。

まあ、言ってみればどれも些細なことなんですけれど、それが積み重なると、結構なストレスになりまして。

私、激太りしてしまいました。結婚した当時は百五十八センチ五十二キロの標準体型だったのが、見る見る太っていって。自分でも驚くほど、別人になってしまいました。賀津夫さんは、ますます私に興味をなくしてしまったようで。食事をするときでも、ずっとスマホを見ている始末。……夜のほうも、全然でした。なのに、あの人、スマホを見ながらこっそり自慰なんかしていて。これが、いわゆるエロサイトなら分かるんです。……でも、違いました。賀津夫さんが熱心に見ていたのは、〝ナオコ〟のブログだったのです。

……悔しかったですね。私というリアルな妻がありながら、どこの誰とも知れないブロガーに夢中になっているなんて。

それで、私、実家に戻ったんです。書き置きと離婚届を残して。

念のため、パソコンとオーディオと大型テレビと、そして彼の本を持ち出しました。どれも賀津夫さんのお気に入りです。ここまですれば、賀津夫さんは間違いなく、私を迎えに来るだろうと思ったんです。

でも、実際は違いました。

賀津夫さんは、署名捺印《なついん》して、離婚届を役所に提出してしまいました。……そして、私たちの離婚は成立してしまいました。

こんな話ってありますか？

私は、ただ、賀津夫さんとやり直したいだけだったのに。

ただ、賀津夫さんに気がついてほしかっただけなのに。

賀津夫さんの妻は私だけなんだってことを。賀津夫さんを幸せにできるのは私だけだってことを。

なのに賀津夫さんは、まるで私に見せびらかすようにいかにも幸せそうな様子を綴ったブログを立ち上げて。

でも、虚勢を張っているだけだと思いました。強がりだと。幸せを装っているだけで、本当は不幸なんだろうと。私がいなくて寂しいんだろうと。というのも、賀津夫さんのブログ、ちょっとマニアックで。一歩間違えれば、変態ブログ。女性の靴を撮った画像をアップしていたんです。

ああ、やっぱり、私と離婚してしまったから、こんな変なことをはじめたんだ……と、ちょっと溜飲《りゅういん》が下がる思いでした。ほらね、私と離婚しなかったほうがよかったでしょう？　って。そんなことを思いながら彼のブログをチェックしていたら、あるとき、「結婚しました」っていうコメントが。しかも、相手はあの「ナオコ」。

頭の中が真っ白になりましたね。

嘘でしょう？　もしかして、私と結婚しているときからそういう関係だったの？　もしかして、私から離婚を切り出すように仕向けたの？　だから、あんなにすぐに離婚届を役所に出してしまったの？　私、ハメられたの？　って。そう思いはじめたら、止まりませんでした。

私は、一日中家に引きこもり、賀津夫さんとナオコのブログをチェックし続けました。

二人が不幸になりますように、二人が破綻しますように、二人が地獄に落ちますように。……そう二人を呪《のろ》いながら。

でも、呪われていたのは私のほうでした。気がつけば、百キロオーバー。

実家の両親も、さすがに困惑していました。出戻り娘が職にも就かず、一日中部屋に引きこもっている。しかも、ひたすら食べ、ひたすらブログをチェックするだけの毎日。

こんなことではいけない、生活を立て直さなくては……と何度も思いました。実際、近くのスーパーにアルバイトに行ったり、派遣会社に登録したりして、社会復帰を何度も試みたんです。でも、どうしても賀津夫さんとナオコのブログが気になって、仕事中でも隠れてチェック。そんなことを繰り返していましたから、職場も解雇されること五回。

そんな娘を抱えて、元々丈夫でない父がまず病気になり他界しました。残された母も入院。

仕事をしなくちゃいけないのに、家事もしなくちゃいけないのに、母の介護もしなくちゃいけないのに、それでも私はブログをチェックすることがやめられず。
あの二人が少しでも不幸であれば、それで私も救われるのに。なのに、あの二人は幸せになる一方で。ナオコは、人気ブロガーとしてますます活躍し、本もベストセラー。しかも、賀津夫さんまで本を出すという。

許せなかった。私がこんなに苦しんでいるのに、こんなに不幸なのに、なんで、あの二人は幸せなの？

……ええ、分かっています。ブログなんかチェックしなければ、こんなに苦しむこともないってことは。だから、何度もやめようと思ったんです。スマホだって、三台、壊しました。

それでも、やめられないんです。気になって仕方ないんです。

……板橋にある縁切榎《えんきりえのき》にも行きました。絵馬に「賀津夫さんとナオコのブログが私の中から消えますように」と書きました。書いたあと、ふと、思いました。「私の中から」はいらないんじゃないか。そうだ、ブログそのものがなくなれば、私は救われるんだ。そして、私は「私の中から」という部分に抹消線を引きました。

「賀津夫さんとナオコのブログが消えますように」

そんな私の願いが叶《かな》ったのか、賀津夫さんのブログが突然、ネットからなくなりました。

風の便りで、賀津夫さんが逮捕されたと聞きました。……窃盗で。

しかも、それを通報したのは、ナオコだって。

ナオコはそういう女です。自分以外の人間の成功が許せないんです。それが夫だったとしても。ナオコのこの異常なまでの嫉妬心は、ブログのあちこちから滲《にじ》んでいました。さらに許せないことに、あの女、賀津夫さんが逮捕されるやいなや、さっさと次の獲物をゲットしやがりました。そして、新しい男とまたもや電撃結婚。

結局、賀津夫さんと私だけが不幸になって、ナオコだけが幸せになる一方なんです。なんて女だと思いました。まるで、吸血鬼。人の運気を吸い取って、自分だけ肥えていく、魔物。

「ナオコを成敗しろ」

そんな声が、聞こえたような気がしました。

「ナオコをどうにかしないと、こちらがやられる」

そんな声も聞こえました。

それで、私、鍵屋に就職したんです。ちょうどナオコが住んでいる街の鍵屋が、スタッフを――

え？　どうして、ナオコが住んでいる場所が分かったのかって？　そんなの、彼女のブログをずっと見ていれば簡単ですよ。あの女の自己顕示欲は並外れてますから。

いたるところに、自ら、自身の居場所のヒントをちりばめています。何月何日どこそこで何それを買った……とか、何月何日近所で火事があった……とか。それで、大体のあたりをつけました。最寄りの駅が中央《ちゅうおう》線の中野《なかの》駅だというところまでは。……そして、中野駅で何日も待ち伏せして、とうとう、ナオコの新居を突き止めたんです。

まるで、警察のようだって？　……ええ、私の従姉妹に、警察で働いている人がいましてね。その人に、調査の仕方を聞いたことがあるんです。それで。

話を戻します。

ちょうどナオコが住んでいる街の鍵屋が、スタッフを募集していましたから、すぐに応募したんです。なぜって。……ナオコの家に忍び込むためですよ。鍵屋になれば、ピッキングはもちろん、合鍵だって作ることができる。いつでもナオコの家に入り放題じゃないですか。これで、ナオコの生活は私の手の中。ようやく、ナオコより優位に立つことができたんです！

そこまでやるか？　と思われたでしょうね。

ええ、そこまでするんです。自分を守るためには。

そうです。これは、自分を守り、かつ、本来の自分を取り戻すための聖戦なんです。

……ナオコの部屋に侵入したのは、六回。はじめは、侵入するだけで満足でした。今までの恨みつらみが吹き飛ぶ思いでした。そして、ときどき、侵入した痕跡《こんせき》を残す。

ナオコにそれと分かるように。ナオコがそれに気がつき怯える様子を想像するだけで、私は天にも昇る思いでした！

ただ、一斗缶の中の五百円玉を盗んだのは、我ながら、失敗でした。それで足が付いてしまったわけですから。

……でも、それだけです。

私がやったことは、それだけです。

……私は、ナオコを殺害してはいません！

＋　＋　＋　＋

――以上が、藤川佑里恵の供述調書です。

「いや、ちょっと待ってください。……殺害されたのは、……ナオコなんですか？」

――はい、そうです。ナオコが、殺害されたんです。

「ナオコの今の夫の浜田靖彦ではなく、……ナオコ本人が殺害されたと？」

――はい。

「てっきり、浜田靖彦が殺害されたのだと。……妻のナオコに」

――私も、そうなることを恐れ、監視を続けていたのです。ところが、私が発見したのは、ナオコの死体でした。

「見当違いをしていた。……どこで間違ったのだろう？　はじめから、おさらいさせてください。……まず、ナオコという女がいる。ナオコの元夫が藤川賀津夫で、しかし窃盗で逮捕され、離婚。次にナオコが結婚したのが浜田靖彦。藤川賀津夫も浜田靖彦も、仕事で成功をつかみつつあったその矢先に、トラブルに巻き込まれている。一方、ナオコには、自己愛性パーソナリティ障害の可能性があり、他人の成功に激しい羨望を抱く傾向が――」

――そこです。たぶん、そこが間違っているのではないかと。

「え？」

――ナオコが、自己愛性パーソナリティ障害だった可能性は充分にあります。それは、彼女のブログや、元同僚のB子さんの証言からもうかがえます。が、それは、ナオコだけだったのか。他にもいたのではないか……。

実は、今日はもうひとつ、供述調書をお持ちしました。

＋　＋　＋　＋

だって、そうするしか道がなかったからです。これは、正当防衛ですよ。

わたしが先にやらなければ、わたしのほうが壊れてしまう。……死んでしまうと、恐れたのです。だから、やるしかなかった。

ただ、過剰防衛だったことは認めます。

ええ、分かってます。わたしは、あるゆる面で『過剰』なんです。家族からもよく注意されていました。「その性格をなおさないと、いずれ、とんでもないことになる」と。父なんかは、病院に連れて行こうとすらしました。

こんな性格になったのは、あいつのせいです。

ええ、そうなんです。小さい頃はむしろ鈍感で、目の前で悪口を言われてもそれに気がつかないほど、ぼんやりした子供でした。

小学校一年生の頃でしたでしょうか。わたしはよく、持ち物をなくしました。最新式のシャープペン、香りがいい消しゴム、チェックのハンカチ、水玉模様が可愛い折りたたみ傘。どういうわけか、それらを学校にもっていくと、その日になくなったものでした。下履きなんか、しょっちゅうなくなっていました。そして、どういうわけか、焼却炉とか学校裏の用水路から見つかったものでした。教科書が破られていたことも一度や二度ではありませんでした。給食の中に虫が入っていたこともありました。じゃんけんにも毎回負けていました。百点のテストが捨てられていたこともありました。じゃんけんにも毎回負けていました。百点のテストが捨てられていたこともありました。そのせいで、学校帰り、わたしは毎日、数人のクラスメイトのランドセルを持つ羽目になりました。

それらが「いじめ」だったということを知ったのは、ずっとあとになってからです。

わたし自身はまったく気がついていなかったのですが、傍《はた》からは、かなりひどいいじめだと映っていたようです。クラスメイトの一人が見かねて、担任の先生に告げ口したのです。わたしは先生に呼ばれました。

「いじめられているの？　なんで、黙っていたの？」

わたしにとっては、そのときの担任の険しい目のほうが恐ろしくて、わんわん泣いてしまったものです。

この日を境に、わたしの周りからものがなくなることはありませんでした。じゃんけんで毎回負けることも。……これもあとから知ったのですが、わたし、後出しじゃんけんをされていたんですね、ずっと。そりゃ、負けますよ。

そのぐらい、わたしは、鈍感だったんです。というか、愚鈍ですね。きっと、わたしをいじめていたクラスメイトも、わたしの愚鈍さにイラついて、いじめていたんでしょう。

それでも、その頃のわたしは幸せでした。満ち足りていました。

両親はわたしを可愛がり、たいていのことは許してくれました。ご飯のメニューだってわたしの好物ばかりが並び、大皿からなにかを取り分けるときも、まずはわたしが優先されました。親戚《しんせき》もみなわたしには甘く、口にしなくても、わたしが欲しいものを買ってくれたものです。

こんな暮らしをしていると、どうしても、鈍感になるものです。だって、危機感というものがないのですから、人と争うこともない。そんなぬるま湯につかっていると人の悪意というものを知る機会もなく、人はみな優しく正しく善良なのだと、無邪気に信じてしまうものなんです。

平和ぼけというやつかもしれません。

そんな平和ぼけにどっぷりとつかっていたわたしでしたが、あるとき、がらりと環境が変わるときがやってきました。

わたしが小学五年生の頃です。

どれだけ変わったかというと。

当時のわたしの写真を見ていただくと、よく分かると思います。

一枚は、ころころとよく肥えた、肥満児です。着ている服は大人のLサイズ。見てください、いかにも幸せそうな顔をしているじゃないですか。髪も黒々としていてつやつやです。ほっぺもこんなにつるつるぷにぷにですべすべです。

そして、もう一枚は、ぎすぎすに痩《や》せた、栄養不良児です。見てください。この仏頂面を。世界中の不幸を背負ったような不幸せ顔。髪には艶《つや》がなく、ところどころ白髪も交じっています。ほっぺたなんてまるで老人のようにこけて、ぶつぶつがりがり、ざらざらです。

どうです？　これは、どちらもわたしなんですよ？

しかも、たった二ヶ月しか経っていない。

たった二ヶ月で、わたしはこんなに変貌《へんぼう》してしまったのです。

それは、つまり、環境の激変を意味します。

忘れもしません。

小学五年生の夏。父の従姉妹だという女がやってきました。ナオコ……という名前でした。ええ、そうです、ナオコです！

当時ナオコは三十二、三歳。なのに、結婚もせず定職にもつかずフラフラしていて、親たちは、彼女のことを「フーテンのナオコ」なんて呼んでいました。

そのナオコが父を訪ねてきたのは、たぶん、お金の無心だったのでしょう。当時父は、小さいですが会社を経営していて、親戚の中では割と裕福でした。ですから、よく親戚の人がお金を借りに来ていたのです。

もうお気づきでしょうが、親戚がわたしに甘かったのは、そういう理由からなのです。なにも、心の底からわたしを可愛がったわけでもなく、心の底から喜んでもらおうとおみやげを持ってきたわけでもなく、ただ、父にお金を借りる手段のひとつとして、わたしを利用していたに過ぎません。彼らはきっと、「ちっ、この生意気なのろまが」と思いながらも、わたしにおべっかを使っていたのでしょう。

フーテンのナオコも、形ばかりのおみやげを持ってきました。なんだかよく分からない、オモチャです。シャーロック・ホームズのような恰好《かっこう》をした白人の男の子が「ＯＨ！」と驚いているイラストが描かれた、アルファベットだらけのパッケージ。日本語らしきものはどこにもありません。

「アメリカみやげよ」

ナオコは、真っ赤な唇を嫌らしげに蠢《うごめ》かしながら言いました。そして、

「あたし、アメリカに行ってきたの」

そう言いながら、ナオコは誇らしげに、顎をしゃくりました。子供心にも、嘘だということは分かりました。ナオコは、「ほらふきナオコ」とも呼ばれていましたから。

……親戚には一人ぐらい、トラブルメーカーというか、鼻つまみ者がいるものです。ナオコがまさにそれで、親戚が集まると、必ずナオコの悪口大会がはじまったものです。ナオコのこれまでの悪行をおさらいするところからはじまり、「それで、最近のナオコはどうしている？」と、ナオコの近況のさぐり合いに発展し、「やっぱり、あの女は最悪だ」と、大笑いして終わるのです。

悪口にしては、なんだか楽しそうでした。

そういうわたしも、ナオコの悪口が大好きで、わくわくしながら、盗み聞きしてい

たものです。

そんなナオコが、アメリカみやげだという変なオモチャの箱を、自慢げに開けました。

箱の中には、医者が使う聴診器のようなものが入ってました。

「これは、盗聴器よ」

「トウチョウキ？」

「遠くから、他人の話を盗み聞きするための道具」

それなら、テレビで見たことがあります。でも、それは決して褒められるような行為ではないことは、子供心にも理解していました。

「かたく考えないで。所詮、オモチャなんだから。……ほら、やってみて。このラッパの先みたいな部分を壁に当てるの。そして、このイヤホンの部分を耳に入れて」

ナオコの言う通りにすると、あ、本当だ、何か声が聞こえる。それは、父と母の声でした。隣のリビングで、父と母が声を潜めながらも、何か言い争っています。

「ナオコさんとは、もう縁を切って」

「でも、困っているんだよ」

「あなた、人が好《よ》すぎるのよ。ううん、違う、いい人って思われたいだけね。そんな自己満足ばっかり続けていると、うちはじきに破産するわよ。……実際、うちはここんところ赤字続きなのよ！」

「まったく、お前は鬼のようなやつだな」

「あなたこそ――」

　鳥肌が立ちました。わたしの前では、いっつも穏やかで優しかった両親が、口汚く罵《ののし》りあっているのです。

「どう？　気に入ってくれた？」

　ナオコが、ニヤニヤ顔で言いました。

「今日はこれで、おいとまするわ。挨拶《あいさつ》に来ただけだから。じゃ、またね」

〝またね〟。それは短い言葉でしたが、わたしの脳裏にべったりと焼きつきました。

……いったい、どういう心理なのでしょうか。わたしは、「また、ナオコに会える」という興奮と期待で、胸がいっぱいになったのです。

　その日以来、わたしは、盗聴に夢中になりました。わたしの部屋は、一方がリビング、一方が両親の部屋に接していて、一日中、何かしら親の会話や独り言や電話の内容を聞くことができました。

　わたしは色々なことを知ることができました。両親が不仲だったこと。父に愛人がいたこと。母に秘密の借金があること。……それらはどれもひどい裏切りだったのですが、一番こたえたのが、わたしに対する悪口です。

「あの子はどうしてああも、太っているのかしら」

「いったい、誰に似たんだろう」

「成績も良くないし」

「お前に似たんだろう」

「私じゃないわ。私は、小学校に上がる前に、もう九九は完璧《かんぺき》だったもの。なのに、あの子はいまだに、七の段以降は暗誦《あんしょう》できないんだから」

「そんなんだから、いじめられるんだろうな」

あんなに優しい両親が、そんなことを思っていたなんて。

わたしの、幸福な子供時代が終わった瞬間です。

それ以降、わたしは、疑心暗鬼の塊となりました。その疑心暗鬼は、わたしの容姿まで激変させました。わたしは、たった二ヶ月で、小学五年生でありながら、一気に老人になってしまったのです。

わたしの、陰鬱な人生のはじまりです。

ただ、ひとつだけ、希望はありました。

それは、ナオコです。

わたしに疑心暗鬼の種を植え付けた張本人でしたが、どういうわけか、わたしはナオコに会いたくて仕方なかった。ナオコの〝またね〟という短い言葉だけが、当時のわたしの救いだったように思います。まるで、細い蜘蛛《くも》の糸が垂れ下がってくるのを待ちわびる、地獄の住人のように。

そんなわたしの期待に応《こた》え、ナオコは度々、我が家にやってきました。学校から戻ってきて、玄関に見慣れない女性用の靴があったときのあの喜びといったら。なぜなら、それはナオコが来ている証拠でしたから。ナオコは、毎回、違う靴で現れました。ハイヒールのときもあればサンダルのときもあり、ときにスニーカーのときも。……そうなんです、わたしのこの悪癖の元は、ここにあるんです――

＋　＋　＋　＋

「ちょっと待ってください。この供述調書は、いったい誰のものなんですか？　これは、もしかして――」

――はい、そうです。お察しの通り、藤川賀津夫のものです。

「では、藤川賀津夫が？」

――そうなんです。藤川賀津夫が、殺人容疑で逮捕されたのです。

「え？　どういうことです？　藤川賀津夫は、あなたに依頼したのですよね？　ナオコの今の夫である浜田靖彦が心配だ。助けてやってくれって」

――はい。……実は、それはまったくの嘘だったのです。

「嘘？」

――繰り返しますが、藤川賀津夫の元妻である佑里恵は、私の従姉妹です。ですから、藤川賀津夫は、私がこのような仕事をしていることをよく知っていました。だから、あのようなもっともらしい嘘をついて、私に、ナオコの居場所を探させたのです。……まったく、迂《う》闊《かつ》でした。私は、藤川賀津夫に利用されたのです。……藤川賀津夫こそ、最低最悪のストーカーだったのです。ナオコが、ブログで「最低最悪の男」と罵っていたのは、あながち嘘ではなかったのです。ミスリードしていたのは、藤川賀津夫のほうだったのです。

「では、一斗缶は？　ナオコが、五百円玉貯金に使用していた、一斗缶は？　……腕時計やらスニーカーやら手帳やらがごった煮状態で詰め込まれていたんですよね？　それはすべて紳士用で、ナオコの今までの男の私物だろうと。男たちをことごとく殺害しているのでは……と、藤川賀津夫は証言していたんですよね？」

――それも、たぶん虚偽でしょう。……いえ、確かに、一斗缶はナオコ宅にありました。が、それは、ナオコのものではなかったのです。

「どういうことですか？」

――まあ、それは、今回の事件には関係ないので、割愛します。……そんなことより、先生、時間がありません。続きを。供述調書の続きを読んで頂けませんか？

＋　＋　＋　＋

……父の従姉妹である「ナオコ」は、いつしか頻繁に我が家を訪れるようになりました。しかも、いつでも、母がいない時間を見計らって。……もうお察しでしょう。ナオコこそが、父の愛人だったのです。わたしは、父とナオコの情事の音を壁越しに聞いていました。例の盗聴器で。子供心にも、何をしているのかは理解できました。当時、わたしはまだ小学五年生でしたが、エロ本ぐらいは見たことがありましたから。父とナオコの情事の音を、プロレス中継でも聞くような感覚で盗み聞きしていたのです。が、ある日、いつものように盗み聞きしていると、下半身に猛烈な痺《しび》れと刺激が駆け抜けました。……精通です。わたしの下半身は、ナオコの喘《あえ》ぎ声に反応する形で、初めて性的快感を示したのです。それからは、自慰三昧《ざんまい》。まさに、自慰を覚えた猿そのものでした。いつでもどこでも、唐突にナオコのあのときの声が頭の中に響き、我慢ならなくなるのです。授業中でも、自慰をしてしまうほどでした。ついには、ナオコという名前そのものに反応するようになりました。ナオコという字面を見るだけで、その名前を聞くだけで、発情してしまうのです。それだけではありません。ナオコの象徴である「靴」を見ただけで、可哀想なわたしの下半身は、暴走するようになりました。

……こういうの、フェティシズムっていうんでしょうか？

まったく、我ながら情けない体になってしまったものです。

……そういうわけで、わたしが恋する女は、ことごとく「ナオコ」なんです。

ブロガーのナオコと結婚したのも、実はそういうわけなんです。

でも、ナオコは、わたしを捨てました。そして、まんまと新しい男を作りやがりました。

まさに、父の愛人の「ナオコ」と同じです。あの「ナオコ」も、父の会社が傾くと、さっさと離れて行きました。「ナオコ」が原因で、我が家は一家離散したというのに。そうなんです、父と「ナオコ」の関係が母にバレてしまい、母は自殺してしまいました。それを機に、我が家には次々と不幸が舞い込み、父まで自殺。……残されたのはわたし一人。みんな「ナオコ」のせいです。

なのに、また、ナオコのせいでわたしはひとりぼっちになりました。

許せないと思いました。このままでは、わたしがどうにかなってしまう。父や母のように、わたしまで死んでしまう……という恐怖と怒りに駆られました。思えば、「ナオコ」のせいで、わたしの人生は狂いっぱなし。「ナオコ」に植え付けられた悪癖のせいで、わたしはずっとずっと難儀を強いられ、ついには逮捕されてしまうんですから！

だから、ナオコを消そうと思いました。あの女さえこの世からいなくなれば、この異常な悪癖からも解放され、今度こそ、人並みの生活が送れると。……ええ、分かってます。妻だったナオコと、父の愛人だった「ナオコ」は別人だって。でも、そんなのこの際、どうでもいいんです。

ナオコは、ナオコなんですから。

とにかく、わたしは、ナオコを消したかった。でなければ、自分が死んでしまう。そんな強迫観念に駆られていました。でも、ナオコの居場所が分からない。彼女のブログで「靖彦」という名前の男と再婚したことは分かりましたが、現住所がどうしても分からない。興信所を使おうかと思いましたが、出所したばかりのわたしには、そんな金はない。

だから、元妻の従姉妹である橋田結花を利用しようと思ったのです。橋田結花は、警察の人間。いとも簡単に、ナオコの現住所を割り出してくれるだろうと。

案の定でした。橋田結花は、ちょっとお人よしなところがあります。警察の人間のくせして、人を信じやすいんです。彼女はわたしの嘘を信じ、ナオコのことを調べはじめました。わたしは、そんな彼女を尾行して、とうとう、ナオコの現住所を突き止めたんです。

愕然《がくぜん》としました。ナオコは、自分と暮らしていたマンションよりさらに格上の高級マンションに住んでいました。自家用車もこれまた高級で。新しい亭主は、よほど稼ぎがあるんだろう……そう想像しただけで、居ても立ってもいられなくなりました。

すると、不思議なことが起こりました。ナオコに対する恐怖や怒りが、ヘアピンカーブするように、新しい亭主に向けられたんです。

こいつがいるから、ナオコは俺を捨てたんだ、許せない、こいつを消さなくては！

そんな、衝動が駆け抜けたのです。

そして、わたしはマンションの駐車場で浜田靖彦を待ち伏せして、彼が車に乗り込むところを襲い、殺害しました。遺体はそのまま彼の車で運び、秩父《ちちぶ》の山に捨てました。

以上が、わたしがやったことです。

わたしが殺害したのは浜田靖彦だけです。……なんだかんだ言って、わたしは、まだ、ナオコを愛しているんです。

だから、ナオコを殺害したのは、わたしではありません。

＋　＋　＋　＋

「ええ！　ナオコだけじゃなく、浜田靖彦も殺害された？」先生の顔が強張る。

約束の時間が過ぎたようだ。

刑務官が、やおらパイプ椅子から体を剝《は》がした。

橋田結花は、これ見よがしにため息をついてみせた。

「では、先生。今日は、これにて失礼します。資料は置いていきますので、精読いただきたく。そして、ナオコ……浜田七緒子を殺害した犯人の目星をつけてください」

言葉は丁寧だが、その内容はほぼ命令だ。「先生」と呼ばれた人物の顔が、一瞬、しかめっ面になる。

が、橋田結花はそれに気がつかぬそぶりで、面会室を後にした。

＋

警視庁生活安全総務課、ストーカー対策室、特別対策ゼロ係。略して、警視庁ストーカー対策室ゼロ係。

橋田結花が職場に戻ったのは、午後三時過ぎ。カバンを置いたデスクには、書類が山と積まれている。どれも、ストーカー被害の相談事案だ。

「東京拘置所に行ってたんですか？」

後輩の二宮隆《にのみやたかし》が、声をかけてきた。後輩だが、階級は自分より上の巡査部長。

「はい。……先生に面会してきました」

一応は丁寧語で応えてはみたものの、棘《とげ》は隠せない。我ながら、どこかつっけんどんだ。が、二宮隆はまったく気にしてないというように、ニヤついた。

「先生？　……ああ、あの人ですね。和製レクター博士」

「そうです。……前山《まえやま》室長に言われて意見を求めているんですが、……全然収穫がなくて。それどころか見当違いのことばかり。……というか、あの人、ただのペテン師ですよね？　なのに、なんで先生って。……あれじゃ、本物のレクター博士が泣きますよ」

「何言ってんですか、本物って。……レクター博士は、そもそも創作上の人物ですよ」

「分かってる」

つい、声がきつくなる。が、咄嗟《とっさ》に笑みを作ると、橋田結花はわざとらしく書類を一枚、ピックアップした。そしてそれにハンコを押すと、再び席を立った。

「さてと。……ちょっと出かけてきます」

「また、お出かけですか？」

「殺害された浜田七緒子の元同僚のところに行ってきます」

「僕も、行きましょうか？　だって、僕たち、パートナーじゃないですか」

パートナー。この男からその言葉を聞くたびに、虫酸《むしず》が走る。

「いいえ、大丈夫です。ちょっと用件を伝えに行くだけですから」

「用件って？」

いつもながら、しつこい。その質問を無視しようかとも思ったが、そんなことをしたらついてくる可能性もある。

「一斗缶の返却について」橋田結花は答えた。

「一斗缶？」

「殺害された浜田七緒子宅にあった、一斗缶です。なんでも、それはもともと浜田七緒子の同僚だったB子さん――」ここでは、特に仮名にする必要もないかと考え直し、橋田結花はその名を口にした。「……元同僚の沢口圭子《さわぐちけいこ》さんのものだったんです、その一斗缶は。職場でお道具箱として使用していて、ついでに五百円玉も貯金していたんだとか。ところが、あるとき、それが忽然《こつぜん》となくなった。隣に座る浜田七緒子がパクったんだろうと当たりをつけていたが、それを問いただす前に、逃げるように退職してしまったそうです。その一斗缶の中には大切な品も入っているので返して欲しいと言われまして。……今、その一斗缶は証拠品として鑑識に行っているので、すぐに返却するわけにはいかないんですが、鑑識から戻ってきたらすぐにご連絡しますからって、……それを伝えに、彼女の職場まで」

「なんだ。そんなの、電話でいいじゃないですか」

分かっている。電話で済むような用事だ。でも、私は、ここになるべくいたくないのだ。この男がいるこの職場に。

そんなことを思いながらも、橋田結花は作り笑いで、

「では、行ってきます」

と、再びカバンを手にした。

+ + + +

「刑務官、刑務官はいますか？」

――どうした？　69号。

「警視庁生活安全総務課、ストーカー対策室、特別対策ゼロ係の橋田結花に連絡を取りたいのだが」

――それは、無理だ。

「では、せめて、メッセージだけでも。今からメッセージを書くので、それを橋田結花に渡してもらいたいんだが」

――いったい、どうしたというんだ。

「犯人が分かったんだ。B子だ。ナオコの元同僚のB子が、ナオコを殺害したんですよ」

――は？　どういうことだ？

「B子は、典型的な反社会性パーソナリティ障害……サイコパス系のストーカーだと思われます。人の成功や幸福が病的に許せない上に、罪悪感が皆無で、良心すら持ち合わせていない。だから、まるでゴキブリを殺すように、目障りな人物をあっさり殺害することができるのです。今までにも、何人か殺害してきた可能性があります。きっと、その証拠をどこかに集めているはずです。いわゆる、戦利品というやつです」

＋　＋　＋　＋

ぱったん、ぱったん、ぱったん、ぱったん……

橋田結花が指定された応接室で待っていると、ドア越しに、けたたましい音が聞こえてきた。ミュールの音だ。

ぱったん、ぱったん、ぱったん、ぱったん、ぱったん……

ああ、ようやく、沢口圭子のお出ましだ。前のときもそうだった。散々待たせた上に、耳障りな靴音とともに現れた。まるで、「女王様参上」とばかりに。

実際、沢口圭子は、この会社ではちょっとしたフィクサーなのだと聞く。契約社員という立場だが、正社員の人事にも口を出すような影響力があるのだと、前に来たときに派遣社員の一人がこっそりと教えてくれた。

……それにしても、なんで、職場にミュールなんて。こんなところも女王様たる所以だろうか。

まあ、法に触れることでもないので、どうでもいいのだが。

そうして、沢口圭子は、ノックもなしにドアを乱暴に開けた。

「お待たせ。で、あたしの一斗缶は？」

case2　アンビギュイティ

「B子は、典型的な反社会性パーソナリティ障害……サイコパス系のストーカーだと思われます。人の成功や幸福が病的に許せない上に、罪悪感が皆無で、良心すら持ち合わせていない。だから、まるでゴキブリを殺すように、目障りな人物をあっさり殺害することができるのです。今までにも、何人か殺害してきた可能性があります。きっと、その証拠をどこかに集めているはずです。いわゆる、戦利品というやつです」

＋　＋　＋　＋

――そのお話、もっと早くにお伺いしたかったです。そうすれば、橋田さんは……。

「どうしたんですか？　橋田結花さんに、何があったんですか？　というか、あなたは、どなたなんですか？」

――申し遅れました。僕は、二宮隆と言います。警視庁生活安全総務課、ストーカー対策室、特別対策ゼロ係に所属しております。階級は巡査部長。

「橋田さんの同僚ですか？」

――はい、そうです。橋田さんは僕のパートナーでした。……なのに、僕は、あの日、彼女を一人で行かせてしまった。いえ、一緒に行こうとしたんです。ですが、彼女は僕を振り切り、一人で——

「それで、橋田さんは、どうされたんですか？」

——その日の夜、襲われました。今、病院に収容されています。

「……そうですか。私もいけなかったのです。もう少し早く、B子の正体に気がついていれば」

——先生は、B子のことをサイコパスだとおっしゃいましたが、そもそも、サイコパスとはなんなんでしょう？　最近、よく聞きますが、僕には今ひとつ、ピンとこないのです。イメージだけが一人歩きしている感じがします。

「あなたがイメージするサイコパスとは？」

——そうですね。快楽殺人者でしょうか？　動機なき殺人を繰り返す殺人鬼……というイメージです。いわゆる、モンスター。

「なるほど。それは間違ってはいませんが、正しくもない。サイコパスは、何も特別な存在ではないからです。大昔から存在し、そしてその遺伝子は途絶えることなく、今も引き継がれています。西欧圏では人口の約四パーセント、アメリカでは二十五人に一人の割合でサイコパスが存在するという調査結果があるほどです。集団意識が強い東アジア文化圏……特に日本や中国ではその割合はぐっと減りますが、しかし、欧米の個人主義思想に強く影響されている今は、日本でも欧米並みにサイコパスは増えていると、私は考えます。つまりですね、組織の中には、必ずサイコパスがいるということです。もっと言えば、隣にいるのはサイコパスかもしれない……ということです。殺人や犯罪を行うサイコパスは、ほんの一握り。大半のサイコパスは何食わぬ顔で、日常社会に紛れ込んでいるのです」

――それでは、一般の人と変わりないじゃないですか。

「そうです。サイコパスは病気ではなくて、性質ですから。一般の人々と区別するのは難しい」

――よく分からないなぁ。繰り返しますが、サイコパスとはどういう人をいうのでしょう？

「簡単にいえば、平気で嘘がつける人でしょうかね。嘘をついても罪悪感を覚えることもない。人間の社会が成り立つ大前提は信用と良心です。が、サイコパスは、平気で大前提を覆す。信用を弄《もてあそ》び、良心を悪用しようとするのです。何の罪悪感もなしに。……無論、サイコパスでなくても、人の信用を裏切り、人の良心に付け込む人もいるでしょう。が、そういう人には、罪悪感がつきまとい、一人苦しむことになります。だから告解をし、許しを乞《こ》うのです。一方、サイコパスはそんなことはしません。なにしろ、罪悪感がないのですから。……いいですか。人を責め苦しめるのは、自身の中にある罪悪感に他なりません。これは、いわば、人間にプログラムされた懲罰システムです。この懲罰システムがあるから、人は、嘘はつかないでおこう、悪いことはしないでおこう、人を泣かせるのはやめておこう……と立ち止まることができるのです。このシステムのおかげで、社会が成り立っているのです。が、サイコパスには、その罪悪感がもともとプログラムされていません。サイコパスが恐れるのは自己の中にある罪悪感ではなく、社会から与えられる懲罰です。ゆえにサイコパスはいい人を演じ、ときには魅力的に振る舞い、同時に同情を引くことを忘れません。社会的懲罰を受けないように、常に自身を偽っているのです」

――つまり、世間的にはいい人で、魅力的で、同情すべき可哀想な人が、サイコパスである可能性も？

「はい、そうです」

――先生、もっと教えてください。どうしたら、サイコパスを見抜くことができますか？　何か、特徴はないのですか？

「……そんなことより、今日、面会にいらした本当の目的は？　時間がありません。余談はここまでにして本題に入りましょう」

――ああ、そうでしたね。すみません、話が逸《そ》れてしまいました。……今日は、リベンジポルノの被害者について、ご意見を伺おうと思いまして。

「リベンジポルノか。……あれは、人として、最も下劣な行為です。とはいえ、復讐《ふくしゅう》というのは、人にある種の恍惚《こうこつ》と快感を与えるのもまた事実です。古今東西、復讐の物語は人気がありますからね。だから、この手の犯罪をなくすことは難しい」

――ええ、そうなんです。ストーカーの取り締まりをどんなに強化しても、復讐という名のもとに行われるストーキング行為は増える一方です。

「それで、その被害者というのは？」

＋

……はい。私の名前は、相馬《そうま》莉乃《りの》と申します。

歳は二十二歳、今年大学を卒業して、西新宿《にししんじゅく》にある大手不動産会社Mに就職しました。

現住所は、中野区東中野六丁目一の三、パークサイド中野三〇二号室です。

はい、そうです。一人暮らしです。

本籍は、実家のある神奈川県藤沢《ふじさわ》市です。

あの……できれば、このことは、実家には報告しないでもらいたいんですが。

父は中学の教師、母も高校の講師をしておりまして、とても体裁を気にする人たちなので、……こんなことが知れたら、私のほうが叱られます。

ほら、見ろ。一人暮らしなんかするから、こんなことになるんだ……って。というのも、両親は、私が一人暮らしするのを最後まで反対していまして。

私が一人暮らしをはじめたのは、大学三年生の頃です。

一年、二年は湘南《しょうなん》キャンパスだったので、藤沢の実家から通っていたんです。でも、三年生になって新宿キャンパスに移ったものですから、一人暮らしを決意したんです。

「新宿だったら、家から充分通えるじゃないか」と、両親は反対しました。確かにそうです。小《お》田急《だきゅう》線を使えば一時間とちょっと。余裕の通学圏です。母なんかはこんなことも言いました。

「一人暮らししていると、就職に不利よ」

なんでも、大手企業の中には、女性の一人暮らしってだけで篩《ふるい》にかけちゃうところもあるんだとか。……母の時代はそうだったかもしれませんが、今時、そんなのナンセンスです。

「一人暮らしするなら、就職してからでいいじゃないか」

父も、そう言って止めました。

確かにそうです。

でも、私はどうしても早く一人暮らしをしたかったんです。……親から、解放されたかったんです。

私は一人っ子で、とても大切に育てられました。愛情もたっぷりと注がれました。その点については、両親にとても感謝しています。

　でも、それが私には窮屈だったんです。監獄のようにも思えました。いつでもどこでも両親に監視されているような気分で、落ち着きませんでした。だから、一人暮らしを強行しました。小学校の頃からずっとお年玉を貯めていたので口座には五十万円ほどあり、それを元手に、家出するように一人暮らしをはじめたんです。……それにしても、敷金礼金引っ越し代など、本当、お金がかかりますね……。引っ越しするだけで、約三十万円が消えました。

　でも、私は大満足でした。だって、門限もなければ、消灯時間もない。実家にいたときは、何があっても夜七時までに帰宅しなくちゃいけなかったんです。だから、アルバイトもできなかった。それに十一時には家のすべての電気が消えちゃうんです。受験のときだって。早寝早起きが一番の勉強法……というのが両親の口癖。だから、大学に進学しても、私は眠たくもないのに十一時には布団に入らなくちゃいけなかったんです。見たいテレビがあるのに。ネットサーフィンだってしたいのに。ゲームもしたいのに！

　その反動か、一人暮らしをはじめた私は、十時までバイトして、十一時に帰宅して、それからは朝方までパソコンにかじりついていました。

なんか、弾《はじ》けちゃったんです。ずっとずっと、押さえつけられてきたから。

でも、今は反省しています。

だって、変に弾けちゃったせいで、あの男に出会ってしまったんですから。

男の名前は、ハラダユウトといいます。

原っぱの〝原〟に田んぼの〝田〟で原田。そして優しいの〝優〟に人間の〝人〟で優人。

原田優人。

文字通り、優しい人ではありました。だから、私もついつい、心を許してしまったんだと思います。

でも、その優しさは、執着の裏返しだったんです。なのに、当時の私は優しさを愛だと勘違いしてしまったのです。

彼とは、アルバイト先で知り合いました。

両親の反対を押し切って一人暮らしをはじめたからには、せめて家賃と光熱費ぐらいは自分で稼ごうと思いまして、アルバイトをはじめたんです。

アルバイト先は、新宿にある大手予備校です。予備校といっても高校生や浪人生ではなく、医大生を対象にした医師国家試験対策の予備校です。私の仕事は受付。勤務は月、水、土、日の週四日。平日は夕方五時から十時まで、土日は朝十時から五時まで、受付に座って受講生の案内をしていました。

彼……優人は、受講生の一人でした。大学は卒業していたんですが、国家試験に落ちてしまった浪人生でした。

　この時点で、少し疑ったほうがよかったのかもしれません。

　正社員の女性……Uさんも、忠告してくれたというのに。

「医師国家試験の合格率って知っている？　なんと、九十パーセント以上よ。つまり、落とすための試験じゃなくて、合格させるための試験なの。その点が、司法試験とかとはまったく違う。大学にちゃんと行ってれば、難なく合格できるのよ。だから、本来は、うちみたいな予備校なんて必要ないのよ。なのに、なんで、予備校があると思う？　言うまでもなく、合格できない十パーセント未満の人のためよ。私から言わせれば、この十パーセント未満の人たちは、落ちこぼれ」

　それでも、医大に合格したのだ。それなりに頭はいいはずだ。そう反論すると、正社員のUさんはニヤリと笑って言いました。

「うちの予備校に通っている人たちに、国公立や有名私大の医大生はほとんどいないわ。うちに通うような人には期待しないほうがいいわよ」

　期待？

「あなただって、いい機会だから将来の医者を捕まえて……なんて思っているんでしょう？ 前のアルバイトの子がまさにそうだった」

ち、違います、私には、そんな下心はありません！

そのときは否定しましたが、受講生名簿をこっそり閲覧して、出身大学をチェックすること数回。

……Uさんの言うことは本当でした。受講生の大半は、地方の、名前もあまり知られていない私大の学生か、またはその卒業生でした。

ああ。……残念。

下心はないと言いながら、私は肩を落としました。……本当に下心はなかったんですが、心のどこかで、ドラマのような出会いを求めていたのかもしれません。

将来を約束された医大生との甘い恋。韓流《ハンりゅう》ドラマや少女漫画のような展開を。

「あれ？」

でも、その名簿に、私も知っている有名大学の名前を見つけました。

K大学医学部。

有名大学どころの騒ぎじゃありません。日本有数の超有名大学じゃありませんか！

しかも、超難関。

私の肩に、ぐいぐいと力が入ります。そんな私の様子に、

「まあ、中には、そういうエリートも交ざっているけどね」

Uさんが言います。

「地頭はいいのに、何かの事情で国家試験にパスできない人。……例えば、極度に緊張してしまう人。……前にもいたのよ。T大の医学部なのに、試験となると緊張してお腹を壊し、二年も浪人してしまった人が。……そんな緊張しぃで、よくもまあ、大学に合格できたもんだ……とは思うけどね。大学入試と国家試験とでは、また、気持ちも違うんでしょうね。そのT大生は、どういうわけか〝国家〟という言葉に強く反応しちゃうんだって。権威に弱い人だったらしくて。……いろんな人がいるもんね」

なるほど。……では、このK大学医学部卒業の人はどうなんだろう？

私は、その人のデータに釘付《くぎづ》けになりました。

そう、その人こそ、原田優人だったんです。

そして、私は優人と付き合うようになりました。

……え？　展開が早いって？

そうですか？　付き合うときって、そんなものじゃないですか？　勢いというか。

分かりました。なら、もう少し、詳細にご説明します。

原田優人が、K大医学部出身だと知った私は、俄然《がぜん》、興味を持ちました。名簿では、大学は卒業したものの、二年間、国家試験浪人をしています。極度の緊張屋なのか、それとも他に理由があるのか。そんなことを色々と考えている間に、私の興味は、ある種の恋心に変わっていきました。データの証明写真はいかにも冴《さ》えない童貞風でしたが、だからこそです。これが、遊び人風のイケメンだったりしたら、私はそこで諦《あきら》めていたかもしれません。私の付け入る隙はない……と。

一方、原田優人は隙がありすぎる。私でも可能性があるんじゃないか？　そう考えるだけで、私の心臓は高鳴るのでした。

そして、いよいよ、リアルな原田優人と対面することになります。その週の日曜日、原田優人が、模擬試験を受けにやってきたのです。

受付の私は、彼がその日やってくることは分かっていましたので、万全の態勢で挑みました。その前日にヘアサロンに行きナチュラルフェミニンなショートボブにし、ネイルも怠りませんでした。服は、花柄のワンピース。男性は、ワンピースが好きですからね。

その甲斐《かい》あって、原田優人は私を見ると顔を赤らめました。そして、その日の帰り、彼は私のことを待っていたのか、メトロの駅に向かう道に出たところで再会。

どちらともなく「じゃ、ご一緒しましょう」ということになり、駅の手前まで来たところで、「お腹空《す》いてませんか？」と、やはりどちらからともなく言い出して、ハンバーガーショップに入りました。

原田優人は、私のことを気に入ったようでした。だって、顔はずっと真っ赤に染まり、手も震えていました。その言葉もしどろもどろ、極度に緊張しているようでした。ああ、やっぱり、この人は緊張屋さんなんだ、だから、国家試験にもなかなかパスできないんだ……と思ったら、なんだか可哀想になってしまって。母性本能ってやつです。

でも、今思えば、それはあの男の常套《じょうとう》手段だったのかもしれません。同情を引くような仕草や言動で、女性の懐に飛び込んでくるのです。まさに、女ったらし。

……いえ、やっぱり違います。女ったらしならば、これほど私は苦しめられることもなかった。だって、女ったらしなら、女の扱いには慣れているものでしょう？　だから、引き際も心得ている。

でも、原田優人は違ったんです。

「童貞」っぽいという私の第一印象通り、彼は童貞でした。そう、女の扱いに慣れてなかったんです。

え？　どうして「童貞」だと分かったのかって？

それは、その日の夜、彼とセックスをしたからです。

随分と早い展開だな……って？

そんなものじゃないですか？　今時の男と女ならば。まずは、体の相性をみてみないと、先に進めないじゃないですか。

……といっても、ここだけの話、実は私もそのときまでは処女だったんです。なんだかんだ言って、今の時代も処女というのは価値があるんです。ネットで見たことがあるんですが、四十代の処女と十代のヤリマン、結婚相手にするならどちら？　と男性にアンケートをとったところ、四十代の処女を選んだ男性のほうが多かったんです。こうなると、もはや、本能ですね。なんだかんだ言って、男性は、自分の子孫を残す相手には、他の男の手が付いていない女を選ぶんですよ。だから、私も、ここぞというときのために処女をとっておいたんです。

そのここぞというタイミングがとうとう巡ってきたと思いました。だから、私、原田優人を、会ったその日に自分のアパートに入れたんです。

……本当にバカでした。

……どうかしていたんです。

……今だから分かるんですが。私、原田優人の経歴と将来性に目を奪われただけだったんです。

だって、彼、Ｋ大医学部ですよ？　国家試験に受かれば、お医者様ですよ？　何より、彼の実家は、病院ですよ？　静岡県は沼津《ぬまづ》にある、結構大きな病院。ゆくゆくは、彼が院長になるんです。勤務医と違って、開業医の年収はすごいですからね。夫が開業医だなんて、それこそ、女のすごろくの上がりってもんです。

これで、私の人生も安泰だ。何しろ、どんな大手優良企業にも負けない就職先に内定したようなもんです。

そうです。永久就職ってやつです。

え？　今時、永久就職なんて……ですって？　なに言っているんですか。今の時代だからこそ、女は永久就職を目指すんです。最も高値がつく女子大生時代に、これはという相手に唾《つば》をつけておくんです。

私の大学には、就活なんかしないで婚活に励む女子がうじゃうじゃいましたよ？　就活なんかするのは、自分で働いて稼ぐしかない、男にもてない可哀想な女子だ……なんて言われるのが、今の時代なんです。私のサークルにも、大学在学中に婚約しちゃった人がたくさんいます。彼女たちは、就活でヒィヒィ言っている女子を横目に、優雅に花嫁修業。……私だって、負けてられない。

……そんな下心が、私の理性を狂わせてしまったんです。

私の視界に、フィルターがかかってしまったんです。

彼が、白馬に乗った王子様に見えてしまったんです。

ギターを持っているだけでどんなぶ男もイケメンに見えるじゃないですか？　これ

は医者にもいえます。まさに、医者エフェクト。医者という粉飾を剝《は》げば、地味で冴えないただの童貞。いえ、正確には、医者ですらなかったのに、私ったら、そのエフェクトにまんまと惑わされて。

……本当にバカでした。

でも、当時の私は、なかなか自分の愚かさに気がつかないで。ノリノリで原田優人と付き合いはじめていました。

もちろん、体の関係も続きました。

問題は、そこなんです。

原田優人は、医者を目指しているというのに、根っからのどスケベ野郎でして。

医者というと、私たち一般人はどうしても神格化してしまうものですが、彼らも所《しょ》詮《せん》、ただの人間なんですよね。

そういえば、例の、予備校で働く女性正社員のUさんがこんなことを言ってましたっけ。

「医者なんて、一般の男より変態よ。……医者なんて、信じないほうがいい」

なぜ、Uさんはこれほど医者を目の敵にしているのか。

こんな噂を聞きました。

かつてUさんも医学部にいたそうなんですが、そこで、医学生たちに集団レイプされたそうです。……最近も事件になったじゃないですか。有名大学医学部の学生たちによる集団レイプ。あれって、珍しいことじゃないみたいですよ。被害者が泣き寝入りして事件にはなっていないケースはゴロゴロあるんだとか。

Uさんも、泣き寝入りしたんだそうです。……レイプされたときの画像を撮られて。それをネタに、脅されたんだそうです。

「これは、同意の上での行為だと認めろ。でないと、この画像を世界中にばらまくぞ」……って。

ひどい話じゃないですか。Uさんはその脅しに屈して泣き寝入りしただけではなく、大学まで辞めてしまったんですから。一方、その加害者は、善人面して今はどこかの病院にいるんですよ。

こんな話を聞いたら、おちおち医者にもかかれない。

……すみません、話が逸れました。

原田優人もまた、どスケベのど変態でした。だって、セックスのとき、なんだかんだと、その行為を撮影したがったんです。

もちろん、拒みました。……でも、三回めのとき、なんとなく許してしまったんです。だって、行為の最中って、人間、大胆になるじゃないですか。無防備になるというか。後先考えられなくなるというか。……だから、許してしまったんです。それからは、セックスのたびに、撮影しました。私が撮ることもありました。こうなると、もう止まりません。私は、まるでAV女優のように、撮影されることに快感すら覚えるようになっていったのです。

　でも、今では大後悔しています。

　あの頃の自分に、平手打ちをしたいぐらいです。

　いいえ、原田優人との出会いそのものを削除《デリート》してしまいたい。

　だって、私は原田優人に弱みを握られてしまったんですから。そうです。そのときの画像と動画は、原田優人の手の中にある。

　もう別れたというのに、私の人生は、彼の手中にあるということです。

　そうです。私は、彼と別れたんです。付き合って、一年ぐらい経った頃です。

　もともと、好きなタイプではなかったんです。私が惹《ひ》かれていたのは、開業医という肩書き。もっとも、将来の……ですが。

　なのに、彼ったら、その年の国家試験にも落ちたんですよ？　その年は、九十二パーセントにも迫る合格率だったのに。彼は、パスできなかったんです。……とんだ、見込み違い。先物取引に失敗した投資家のような心境になりました。

　こうなると、彼には医者の資質はないんじゃないかと思うようになりました。K大に入ったことが何かの奇跡で。

そう思うと、急激に醒《さ》めていきました。

それで、別れたんです。

「就活に集中したいから、もう会えない」と一方的にメールを送り、そして、彼のメアドをデリートし、彼からのメールも着信拒否しました。

＋　＋　＋　＋

「なるほど。それで、原田優人という男は、一方的な別れに納得がいかずに――」

――相談者のアパートの前で待ち伏せしたり、ときには無断で部屋に入り込んだり。

「無断で？　合鍵《かぎ》を渡していたんですか？」

――はい、そのようです。これについては、女性のほうも不注意といえるでしょう。

……彼女に限らないんですが、女性というのはどうして、ああも簡単に男に合鍵を渡してしまうのか。うちに相談しにくる女性の大半が、合鍵を渡してしまっているんですよ。

「合鍵を渡すのは、愛情の表現ですからね。男性が、女性にジュエリーを買い与えるのと同じです」

――それにしたって、不注意です。中には、昨日今日会ったばかりの男性に合鍵を渡して。それで、部屋に侵入された！　って大騒ぎするんですからね。ストーカー対策室の僕がこんなことを言うのもなんですが、相手がストーカー化するのは、相談者にも原因があるわけですよ。

「まあ、確かに、多少は原因があるかもしれません」

——ですよね？　うちの対策室に舞い込んでくる相談の大半は、結局は痴情のもつれってやつなんですよ。今風の言葉でいえば、恋愛を拗《こじ》らせているだけなんです。恋愛といっても、それは人間関係に他ならない。だから、最低限の礼儀は必要なわけです。親しき仲にも礼儀あり……っていうじゃないですか。それを怠っているから、愛が憎しみに変わるんです。可愛さ余って憎さ百倍……ってやつなんですよ。

「それは、あながち間違ってはいませんね。礼儀というのは、そもそも、争い事、または他者からの嫉妬《しっと》や憎悪を避けるために考案されたシステムです。猫ですら、無駄な争いを避けるために、他のテリトリーを侵さないようにしているし、他のテリトリーにどうしても侵入しなくてはならない場合は、そのテリトリーの主にそれなりの挨《あい》拶《さつ》をしている。道でばったり出会ってしまったときも、挨拶は欠かさない。猫に限らず、動物には、本能的に争い事を避けるようなルールが備わっているのです。人間は、その本能を礼儀というシステムに発展させたわけですが、今では、それがすっかり崩壊してしまっている。特に、日本人。欧米の個人主義をうわべだけ真似してしまったために、その崩壊は甚だしい。他者の気持ちよりまずは自分の気持ち、または欲望を優先するばかりに、本来なら避けられるトラブルを引き寄せている。恋愛だってそうです。恋愛というのは言うまでもなく二人でするものなのに、自分の気持ちだけを優先させてしまう。自分が好きになったから恋愛がはじまり、自分の気持ちが冷めたから恋愛は終わる……と考えてしまう人が多いように思います」

——同感です。ストーカー相談をよくよく聞いてみると、「え？　なんで？」ということも多いんですよ。今回のケースもそうです。相談者は、一方的に恋愛をはじめて、一方的に終わらせている印象があります。男性のほうはむしろそれに振り回されて、「え？　なんで？」と戸惑っている感じもするんです。……女性を待ち伏せしたのも、話し合いの場を持ちたかっただけなんじゃないかと。それを拒否られて、男性の戸惑いが怒りに、さらには憎しみに変換されてしまったんじゃないかと。

「よくあるケースです。男女の仲に限らず、大半のストーカーの出発点は、納得のいかないわだかまりです。なぜ？　どうして？　というもやもやです。……忠臣蔵の赤穂《あこう》浪士が、いい例でしょうかね。あれは、喧嘩《けんか》両成敗の法に則《のっと》り、浅野《あさの》家、吉良《きら》家、両方お取り潰《つぶ》しにしておけば、あんな騒ぎにならなかった」

——赤穂浪士は、ストーカーですか？

「まあ、そうでしょうね。ストーカー心理に近いと思いますよ。復讐なんていうのは、所詮、異常心理ですよ」

――それは、面白い。

「人間というのは、アンビギュイティのある局面に接すると、どうしても不安定になるものですから。赤穂浪士も、結局のところ、明確な解答が欲しかったんだと推測します」

――アンビギュイティ？

「直訳すると、両義性。ひとつの事柄や言葉に、相反するふたつの意味や解釈が含まれていること」

――簡単にいえば、曖昧《あいまい》ってことですか？

「はい、そうです。人間は、どうしても白黒はっきりさせたい動物ですからね。……だから、意味も分からず、一方的に関係を断ち切られると、心がかき乱されてしまうんです。それが、ストーカーの火種となる。……だからといって、やはり、ストーキング行為はダメです。どんな理不尽な現実を叩《たた》きつけられたとしても、ストーキングで復讐しようとしたら、赤穂浪士のように切腹させられるだけです」

――ですよね。

「それで、その原田優人は、何を？」

+　+　+　+

原田優人と別れたあとも、彼は度々、私のアパートで待ち伏せしていました。部屋の中にいたこともあります。

それで、私、夜逃げするように引っ越ししたんです。

両親にも内緒で。だって、あれほど一人暮らしに反対していたのに、本当のことを言ったら「それ見たことか」と、実家に連れ戻されてしまいます。原田優人も嫌ですが、実家に戻るのも嫌だったんです。だって、私、一人暮らしの気楽さを知ってしまいましたから。もう、実家暮らしには戻れない。

で、今の住所に落ち着いたんです。今回の引っ越しのときのお金は、Uさんに借りました。保証人にもなってくれました。はい、そうです。予備校の正社員の女性です。彼女も、男では大変な傷を負っている。だから、私が相談すると親身になって面倒を見てくれたんです。

引っ越してからは、原田優人からの接触は途絶えました。ああ、これでようやく解放されたと安堵《あんど》し、私は就活に気持ちを集中させました。

そして第一希望の企業に内定が決まり、この春、就職いたしました。

ここまで、私はずっと原田優人のことは忘れていたんです。

ところが、ある日、Uさんがこんなことを言いました。……ちなみに、Uさんとは今でも親しくさせてもらっています。何しろ、私の恩人であり、アパートの保証人でもありますから。Uさんは私より十歳上ですが、話もよく合うんです。だから、一ヶ月に一度は、食事をしたり、飲んだりする仲なんです。

そのUさんが、

「あの男、またうちの予備校に来たよ」

って。

あの男とは、言うまでもなく、原田優人です。

なんでも、原田優人は今年も国家試験に落ちたんだそうです。だから、今年もまた、予備校の受講生になったんだとか。

まったく、合格率九十二パーセントの試験に何回落ちているんだって話ですよ。本当に、医者になる気があるのか？

「それがね。あの男、責任転嫁しているのよ。今回、試験に落ちたのは、あなたのせいだって、言いふらしている」

Uさんの言葉に、私の背筋に冷たいものが這《は》いました。

なんで、私のせいなの？　私だって、別れるときはそれなりに悩んで。でも、私はちゃんと就活を乗り越えて、今の会社に就職することができた。

「あの男、まだ、あなたのことを気にしているみたい。なんだかんだと、あなたの情報を聞きまわっている」

嘘でしょう！　私は、金切り声を上げました。

「私の今の住所、言ってませんよね？」

「もちろんよ、言うわけない。……でも」

「でも？　……なんですか？」

「他の社員が、ポロリと口を滑らせてしまったのよ。あなたが、西新宿にある会社に就職したって……」

嘘でしょう！　信じられない！　私は、半泣きで叫びました。

「あの男が会社に来たらどうしよう？」

「……さすがに、そこまではしないんじゃないかな。だって彼、今度こそ合格しなくちゃヤバいみたいで、毎日予備校に来て必死で勉強している。……そんな暇ないよ」

「でも！　あの人、結構しつこいところがあるんです！　それに、根に持つタイプで。一度なんて、通販で買ったドライヤーの梱包《こんぽう》が気に入らないと、延々とショップにクレームを入れていたこともあったんですから。あのときは、鳥肌ものでした。まさに、凶悪クレーマー。……普段はおとなしい人なのに、スイッチが入ると、途端に豹変《ひょうへん》しちゃうんですよ！　……ああ、どうしよう、うちの会社にまで押しかけてきたら。あいつなら、やりかねない」

「……大丈夫じゃない？」

「大丈夫？　何を根拠に、そんなことを言うんですか？　Uさんは、あいつの何を知っているっていうんですか？」

「……いや、よくは知らないけれど」

「ですよね？　だったら、無責任なことを言わないでください！」

お世話になったUさんだったけれど、このときだけは、憎たらしく思いました。

原田優人のことなんか何も知らないくせに。あいつの上辺しか知らないくせに。そう、確かに、あいつは、外面はいいんです。地味でもっさりとしていて、いかにも内気な純朴青年。でも、その皮をひんむけば、とんだ変態野郎なんです、病的な粘着質野郎なんです！

あいつの本性を知っているのは私だけなんです！

……すみません、興奮してしまいました。あ、お茶、いただいてもいいですか？

……なら、お水でもいいです。喉《のど》がカラカラで。

えっと。どこまで話しましたっけ？

ああ、そうそう、原田優人に、私の職場がある場所を知られてしまったところまでですね。

……確かに、バレてしまいましたが、その時点では、私はまだ楽観視していたのです。Uさんが、「大丈夫よ。バレたっていったって、具体的な企業名はまだ知られてないんだから。西新宿といっても広いわよ。あの高層ビル群に、いったい、いくつの会社があると思ってんのよ。……え？　もしかしたら偶然、出会ってしまうかもって？　あんなに人がうじゃうじゃいる場所で、偶然出会うことなんて、まずないわよ」

　ところがです。その翌日、とんだ偶然が起きてしまったのです。

　新宿駅から西新宿に向かう動く歩道で、中学時代のクラスメイトにばったり再会したのです。彼女とはそれほど喋《しゃべ》ったことがなくて、だから、中学を卒業以来、一度も会ったことがなかったのに、ばったりと。しかも、その日の午後には、高校時代の部活の先輩とばったりと。やはり、動く歩道で。

　……そうです。人生、こういう偶然は結構な割合で起きるんです。しかも、場所は西新宿。全国から人が集まっていると言っても過言ではなく、動線も案外単純で、大概の人があの動く歩道がある通路を使います。新宿駅から西新宿に向かうあの通路は、まさに偶然の宝庫。

　原田優人とも、ばったり再会してしまうかもしれない。

　そんな恐怖が私の体を駆け巡りました。

　それからというもの、私はあの通路を避け、大ガードを抜けて西新宿に向かう経路を選ぶようにしました。遠回りでしたが、仕方ありません。念には念を入れて、伊達《だて》メガネにマスクまでして。

職場に着くと、ようやく私の緊張は解けます。このビルは最新のセキュリティで守られている。さすがに、ここにまで偶然の脅威はやってこない。……が、ある日、私のこの考えは甘いことを思い知らされました。

その日。会社で事件が起きました。朝、メールを開くと、『緊急告知』というサブタイトルのメールが届いていました。なんだろう？ と開くと、……なんと、猥褻《わいせつ》画像だったんです！ 男性性器が女性性器に擦《こす》り付けられている画像。一枚ではありません。全部で七枚。中には、女性の顔が鮮明に写っている画像もありました。他の社員にも同じ画像が送られたようで、フロアのあちこちから小さな悲鳴が聞こえてきました。……いったい、何が起きているの？

あとで分かったことなんですが、猥褻画像に写っていたのは、営業一課の女性社員でした。営業一課といえば、我が社のエース部署。配属されているのもエリートばかりです。事実、その女性社員はT大卒で、ゆくゆくは幹部になるはずの人でした。……ところが悪い男に引っかかり、女性は男によって、猥褻画像をばら撒《ま》かれてしまったのです。……リベンジポルノ……ってやつです。

その猥褻画像は、社内だけでなく、ネットでもばら撒かれました。そう、世界中に拡散してしまったのです。女性社員の名前とプロフィールとともに。……可哀想に、その女性社員は、精神を病み、今では会社を辞めて長期入院中です。社会復帰は難しいだろう……とみんな言っています。

画像をばら撒いた男は一応は捕まりましたが、罰金のみ。男性の罪は、「リベンジポルノ防止法違反」に当たりますが、その内容は「最大で三年以下の懲役または五十万円以下の罰金」なんだそうです。つまり、その男性は罰金を払い、放免されたんです。今でも、普通に生活していると聞きます。

……そんなバカな話ってありますか？

そもそも、刑が軽いと思うんです。「リベンジポルノ」は、殺人にも匹敵するというのに。だって、一人の人間の心を壊し、人生をめちゃくちゃにするんですよ？　罰金で済むなんて、とても信じられません！　これじゃ、リベンジしたもん勝ちじゃないですか！

え？　そんな猥褻画像を撮らせたほうが悪いって？

そんなの結果論ですよ。付き合っているときは、それこそ記念写真のひとつにすぎないんです。この瞬間を永遠に残したい……そんな純粋な思いからなんです。付き合っているうちから、破局した後のことなんて考える人はいませんよ。恋愛中は、誰だって無防備になるもんです。恋愛って、そんなものじゃないですか？

……いずれにしても、この事件は、私にさらなる恐怖を植え付けたのでした。

私も、行為中に、原田優人に画像を撮られた。……動画も。

もしかしたら、それをばら撒かれるかもしれない。

居ても立ってもいられなくなり、私は、自分の名前をエゴサーチしてみました。……あのときの心臓のばくばく、想像できますか？　私の猥褻画像が表示されたら……という恐怖。

そう、私は、恐怖の虜《とりこ》になってしまったんです。

それからというもの、仕事中でも五分おきにエゴサーチし、通勤中もずっとスマホを握りしめ、家に帰っても、ずっとエゴサーチをし続けました。

夜だって、眠れません。眠った……と思ったらネットに私の猥褻画像が表示される悪夢に襲われて飛び起きちゃうんです。で、すぐさま、枕元のスマホでエゴサーチ。こんなことが一ヶ月も続いて、私は完全にノイローゼになっていました。睡眠もろくにとってないので、仕事ではミス続き。それでもエゴサーチが止まらず、上司に怒られている最中でも、そっとスマホでエゴサーチしていました。

もう、精神的にも肉体的にも限界でした。

こんなに苦しいんなら、いっそ死んでしまったほうがいい。そう思いつめて、自殺を考えたのも一度や二度ではありません。

見てください、この手首の傷。本当に、私は、死のうと思ったんです。

そんなある日。その日も私は自殺を試みようと、カミソリを手にしていました。そのとき、ふと、こんな声が聞こえてきたんです。

「画像と動画がなくなればいいんじゃないの？」

　まさに、神の声でした。

　そうなんです。原田優人が持っているだろう画像と動画がこの世からなくなれば、私も恐怖から解放されるんです。こんな地獄のような苦しみからも解放されるんです！　そう思った途端、私の中に、希望という名のエネルギーが満ち満ちたのです。

善は急げ。

　そのときすでに深夜でしたが、私はタクシーを飛ばして原田優人が住んでいるマンションに向かいました。

　原田優人のマンションには、何回か行ったことがあります。幸い、合鍵も持っていました。一度捨てようと思ったんですが、……捨てなくてよかったです。

　原田優人のマンションは、四谷《よつや》。ワンルームマンションですが、家賃は十八万円。私立の医学部に行くだけあって、実家はやっぱり金持ちなんです。だから、リベンジポルノで捕まったとしても、罰金を払えば済むんです。駐車違反したぐらいの痛手にしかならない。そう考えたら、何がなんでも、画像と動画を取り戻さなくては……と思いました。

　原田優人の部屋には、難なく侵入することができました。幸い、その夜、彼は不在でしたので、私は心ゆくまで画像と動画を探すことができました。

まずはパソコンを、持参したキャリーケースの中に詰め込みました。でも、安心はできません。他のメディアに保存しているかもしれません。とりあえず、デスクの上にあったＵＳＢメモリとＣＤ-ＲＯＭを片っ端からケースに詰め込みました。それでも安心できません。他のメディアをどこかに隠し持っているかもしれない。……そうだ、スマホ。スマホでも撮られたことがあった。……でも、スマホは見つかりませんでした。おそらく、彼が肌身離さず持っているのでしょう。

仕切りなおさなくては。

この日は、パソコンとメディアだけを持って部屋を出ましたが、その翌日の深夜、私は再度、侵入を試みました。彼が寝ている間にスマホを持ち出すためです。……が、その日も彼はいませんでした。スマホも見当たりませんでした。仕方ないので、その日の昼に職場近くの家電量販店で買った盗聴器だけを仕掛けて、部屋を出ました。

なぜ、盗聴器なのかって？

だって、彼の会話から、猥褻画像と動画のありかが割り出せるかな……と思いまして。それに、彼が確実に部屋にいる時間、そして寝入った時間も分かるじゃないですか。

幸い、翌日から連休。私は彼のマンション近くの漫画喫茶に籠《こ》もり、盗聴器から発信される音声を受信機でキャッチし続けました。泊まり込みで丸二日。しかし、彼の動向はイマイチ分かりません。これは長期戦になるな……と、作戦を練り直していたところ、彼が、夜逃げでもしたかのように、忽然《こつぜん》とその部屋からいなくなってしまったのです。

でも、私のエネルギーは費《つい》えることはありませんでした。いえ、ますます、エネルギーが漲《みなぎ》る思いでした。……逃してたまるか。地球の果てまで追いかけてやる。

幸い、原田優人は例の予備校の受講生。Uさんに連絡を入れ、それとなく、彼の引っ越し先を聞き出そうとしました。……でも、はじめは教えてくれませんでした。個人情報だからと。「そこをなんとか！　あいつの引っ越し先が分からないと、私の人生が壊されます！」と泣きついたところ、Uさんは渋々「今回きりだからね」と、原田優人の新居の住所を教えてくれました。

……そこは、六本木《ろっぽんぎ》にあるヴィンテージマンションでした。築年数は古いけれど、芸能人や有名人も多く住むという、由緒あるマンションです。原田優人のくせして。合格率九十二パーセント以上の国家試験になかなかパスしないポンコツのくせして。……生意気な。こうなると、私のエネルギーはもう天井知らずです。闘争心がメラメラと燃え上がります。この戦いにはどうしても勝たなくてはならない。どんなことをしても、あいつのスマホを奪い取ってやる！

……でも、どうする？　どうやって、部屋に侵入する？　……と、いつものようにマンションの周辺をうろついていると、……またまた、神の声が聞こえてきたのです。

「燃やしちゃえば？　彼がいるときにマンションごと燃やしちゃえば、スマホも、どこかに隠しているメディアも、焼失するよ」

そうだ、その手があったか。でも、どうやって？

「ヴィンテージマンションといっても、所詮は古いマンション。セキュリティは甘い。しかも、やつの部屋は一階。管理人の目が行き届かない裏庭から侵入すれば、楽勝であいつの部屋のベランダにたどり着く。そこに灯油をばらまいて、火をつけたら？」

なるほど、確かに、あの裏庭は死角だ。

そして、チャンスが巡ってきたのです。

原田優人が、酔っ払って帰ってきたのです。あの調子じゃ、部屋に戻ったらそのまま泥のように眠ってしまうでしょう。そしたら、火災報知器が鳴ったとしても、すぐには逃げられない。

よし、今だ。

私は、灯油とライターを買いに走りました――

＋　＋　＋　＋

「ちょ、ちょっと待ってください。……これって、今、話題の、六本木ヴィンテージマンション放火事件のことですか？」

――はい、そうです。……というか、よくご存じで。

「塀の中にいても、娑婆《しゃば》の出来事は耳に入ってくるもんなんですよ。……で、相談者というのは、放火の犯人なんですか？」

――はい、そうなんです。が、相馬莉乃は、自分がストーカー被害者だと思い込んでいて、取り調べ中に「ストーカー対策室に連れて行け」と暴れたんだそうです。それで、捜査一課から、こちらに相談がありまして。

まさに、アンビギュイティ。加害者だと思っていたら、被害者でもあった。どうしたもんでしょうか？

case3　キャンディ

「加害者だと思っていたら、被害者でもあった。被害者だと思ったら、加害者でもあった。……そういうことは、よくあります。視点を変えると、世界の見え方ががらりと変わる……ということは」

――なるほど。……ああ、そうそう。先生、『キャンディ』という曲をご存じですか？

「『キャンディ』？　……原田真二の？　一九七七年にヒットした」

――ヒットした年まで！　よくご存じですね！

「あなたこそ、よくご存じですね。お若いのに」

――だって、名曲ですから！　それに、僕、昭和歌謡が大好きなんですよ。カラオケでもよく歌います。

「『キャンディ』といえば。あの歌も、アンビギュイティです」

――え？　そうでしたっけ？　……そんな難しい内容だったかな？

「あなた、歌詞はご存じで？」

――もちろん！　……えーっと。キャンディという少女のもとに、恋人の男が窓を越えて会いに行くって内容ですよね？

「恋人？ 窓を越えてやってきた男が、キャンディの恋人？」

――だって、そうですよね？ どう考えても、恋人ですよ。

「恋人なら、どうして、正々堂々と玄関から入ってこないのでしょうか？ なぜ、窓から？」

――え？ それは……。ああ、たぶん、交際を禁止されているんですよ。ロミオとジュリエットのように。

「ロミオとジュリエット。なるほど」

――そう！ 要するにロミオとジュリエットなんですよ、『キャンディ』の世界観は。深く愛し合っているのに、それが世間に認められていない。だから、男は夜な夜な窓から忍び込んでは、キャンディとの逢瀬《おうせ》を重ねる。

「逢瀬ですか。あなた、見た目はチャラチャラしているのに、なかなか古風な言葉をご存じで」

――こう見えて、大学は文学部でしたから。

「……『キャンディ』か。懐かしいですね。私が、この歌を初めて聴いたのは、大学生の頃です。リビングでなんとなくテレビを観ていたら、歌番組がはじまりまして。……たぶん、『夜のヒットスタジオ』だと思うんですが。……それとも、『ザ・ベストテン』だったか」

――『夜のヒットスタジオ』に『ザ・ベストテン』！　ネットの動画で観たことがありますよ！　……羨《うらや》ましいです。リアルタイムで視聴していたなんて。……僕、本当に、好きなんですよ、昭和歌謡が。

「……続けていいですか？」

――あ、すみません。どうぞ。

「で、その歌番組に、大型新人……ということで紹介されたのが原田真二で、そのときに歌われた曲が『キャンディ』だったのです。少年のような童顔にアフロヘア。そして甘いハスキーボイス。たちまちのうちに魅了されましたね。で、翌日、早速『キャンディ』のシングルレコードを買いに行きましたっけ」

――シングルレコード！　クールですね！

「続けて、いいですか？」

――あ、すみません。どうぞ。

「それからというもの、繰り返し繰り返し繰り返し『キャンディ』を聴きました。本当に、繰り返し繰り返し。キャンディとぼくの、甘い逢瀬。……それを想像して、私は、胸を焦がしたものでした。だって、歌詞の中では、キャンディとぼくは明らかに、性的に結ばれている」

――性的って。いやー、先生、そんなにはっきりおっしゃらなくても……。でも、確かに、そうです。〝ぼくは君の中溶けてゆく〟って、はっきり歌ってますよね！　素敵なフレーズだな。だから、僕、昭和歌謡が好きなんですよね。性的な行為を、なんていうか、とてもロマンチックな隠喩《いんゆ》で表現している。だからこそ、余計、ときめいちゃうんですよね。

「……続けていいですか？」

――あ、すみません。どうぞ。

「そうです。あなたが言う通り、あの頃の歌は隠喩の宝庫です。そのものズバリとは表現していません。だからこそ、歌詞の解釈は人それぞれで、決まった答えはないともいえるのです」

――つまり、それはどういうことですか？

「『キャンディ』を繰り返し聴いていて、ふと、思ったんです。『キャンディ』に出てくる〝ぼく〟は、誰なんだって」

え？　誰って？　……だから恋人ですよね？　キャンディの。

「私も、はじめはそう思っていました。でも、〝ぼく〟がキャンディの恋人であるという決定的な証《あかし》がないのですよ、歌詞の中には」

――え？　どういうことです？

「あの歌の中には、キャンディの意思はまったく反映されていません」

——確かに、そうですね。

「そもそも、キャンディは眠っている設定です」

——え？　え？　そうでしたっけ？

「そうです。はじめから歌ってみてください」

＋　＋　＋　＋

キャンディ　アイラブユー　目覚めてよ
窓を越えてぼくは来た
イバラに囲まれ眠る横顔を
揺り起こすのは風さ

……ここまで歌って、僕は、唇を噛《か》み締めました。

視線を巡らすと、案の定、誰も聞いていません。

六本木ヒルズにほど近い高級カラオケ店。

二時間のルームチャージだけで二万円。が、その二時間はとっくに過ぎ、かれこれ五時間になろうとしている。テーブルにはドリンクや料理がところせましと並べられ、それらはどう安く見積もっても、五万円はいっている。

今日も、軽く十万円は超すな。

僕は、マイクを持つ手を静かに下ろすと、濁ったため息を吐き出しました。そして、ジャケットの奥に忍ばせている財布をそっと確認してみました。

一応、十五万円ほど入っているはずだけど。これでは足りないだろうか？……いや、今この瞬間にもおひらきになれば、たぶん、ギリギリ足りるだろう。

僕は、財布を撫《な》でながら、祈りました。

終われ、終われ、早く、終われ！

なのに、

「あー、今夜はとことん、飲みたいぃぃ！」

名前もよく知らない女が、叫びました。

「飲めよ、飲めよ。どんどん、飲めよ」

そう言いながら、女の胸元を弄《いじ》るのは、これもよく知らない男。

「じゃ、ドンペリ頼んでいい？」

ドンペリ……？

「うん、いいよ、頼め頼め！」

いや、無理だよ、やめてくれよ、ドンペリなんて……いくらするんだよ。

僕は、財布に当てた手に力を込めました。

……本当に、やめてくれ！

その切なる願いが通じたのか、

「なーんだ、ここ、ドンペリないんだ」

と、女がメニューを見ながら肩をすくめる。

僕は、ほっと手から力を抜きましたが、

「じゃ、この中で一番高いやつ！　シャトー・ムートン・ロートシルトってやつ！」

と、女が声を上げたものだから、手に再び力が入りました。

シャトー・ムートン……。確か、ドリンクメニューの中で、一番高いやつだ。……七万五千円だったか。

……だめだ。完全に足りない。

「じゃ、金を下ろしてこいよ。近くにATMがあったじゃん」

そんなことでも言いたげに、Dがニヤニヤとこちらを見ています。

トイレにでも行ってきたのか、ズボンのファスナーが半開き。……よく見ると、その周辺には変なシミができている。

あれ？

さっきまで、Dの隣にいた女は？

「なんだよ？」

Dのニヤニヤ顔が、ふと険しくなる。

まさに、蛇に睨《にら》まれたカエルの図。

僕は、慌てて視線を逸《そ》らしました。

疫病神だ。こいつは、完全に疫病神だ。なんで、僕は、こんなやつに取り憑《つ》かれてしまったのか。

高校を卒業したときに、こいつからも解放されたと思っていたのに。

なのに、なんで、僕はこんなやつと再会してしまったのか。

「ほら、とっとと金を下ろしてこいよ、ほら！」

Dが、ニヤニヤ顔で、顎《あご》をしゃくる。

と、同時に、アップテンポな音楽が鳴りはじめました。誰かが入れた曲です。

「きゃー、この曲、すごく好きぃ」

名前もよく知らない女が声を上げました。やけに露出が激しい女です。ついついその胸元に視線がいってしまいます。が、そのたびに「ちっ」とあからさまな舌打ちで拒絶され、挙句、「キモっ」と罵《ののし》られ。

どっちが。この女は「あたし、痩《や》せの大食いなの！」と大量に食べ物を注文し、大食い選手よろしく片っ端から食べ尽くしていった。その様のほうが、よほどキモい。

なのに、まだ食べる気まんまんで、メニューをいまだ手放さない。……いったい、この女は何者なんだ。

こいつだけじゃありません。

わけの分からない女たちが合計四人、そして、やっぱり素性のよく分からない男が六人。知っているのは、Dだけでした。

たぶん、どいつもこいつも、Dの知り合いなのでしょう。……合コンの二次会というやつです。

なんで、こんな場所に呼び出されたのか。

簡単です。僕が金づるだからです。

そう、僕は、高校時代から、Dの金づるでした。

+

僕がDと出会ったのは、高校生の頃です。

僕が通っていたのは、静岡でも一、二を争う進学校です。

医者の親を持つものなら誰もがそうであるように、僕もまた、医者になるべく医学部を目指していました。

それまでは、僕の人生はまさに順風満帆でした。

高校にはトップで合格し、成績も常にトップ。全国模試だって、トップでした。まさに、絵に描いたような優等生。

ですが、そんな僕にも人には言えない欠点がありました。

それは、性的不感症という点です。

その年頃になると、頭の中は異性のことでいっぱいになるものです。実際、僕の友人たちは……表向きは勉学一筋のようなやつですら、隠れてエロ動画を観ていたものでした。中には、痴漢行為のようなことをして、退学になったやつもいました。やつは言いました。……それでも、女の体に触りたいと。女の体に触れるなら、投獄されてもいい、いや、死んでもいい……と。

盛りがついた男というのは、世界で一番みじめで、みっともなくて、そして哀れなものですね。どんな偉業を成し遂げても、どんなに立派な哲学を掲げても、性の前では、一匹のオスに成り下がるしかないのです。

一方、僕は、そんな性衝動がまったくといっていいほどありませんでした。女性の裸体を見ても、性行為をしている動画を観ても、僕はなんの興奮も覚えませんでした。家畜の交尾を見ても、なんの興奮も覚えないように。そうなんです。僕にとって女性の裸体も性行為も、動物のそれと同じなんです。

もちろん、その頃には人並みに精通は経験していましたが、快感はもとより性的興奮はまったくなく、排尿と似たような生理現象のひとつにすぎませんでした。

そんな自分を、僕は誇らしく思っていました。

性的衝動で勉強にも身が入らないクラスメイトを横目に、僕は、こんな風に思っていました。

僕は、人と違う。僕は、特別だ。

僕は、選ばれた人間なんだ……と。

今思えば、なんとも稚拙な選民意識ですね。……中二病というやつです。

そんな僕に変化が訪れたのは、高校二年生の春です。

とある予備校が実施した全国模試の結果が発表されました。

いつもなら、トップにある僕の名前。が、このときはありませんでした。

……僕の順位は、全国二位でした。

え？　なんで？

幼稚園からこれまで、僕の名前はずっとトップにありました。だから、はじめはとても信じられませんでした。なにかの間違いではないのかと。

だから、深呼吸をすると、もう一度改めて結果を見てみました。

やっぱり、トップの名前は僕ではありませんでした。

知らない女子の名前です。

『H・Y』

学校は、東京都下にある公立高校です。

……重ね重ね、信じられない。

こんな見たことも聞いたこともないような公立高校の、しかも女子に負けるなんて。

僕は、まず、その公立高校の偏差値を調べてみました。

三十一！

いわゆる、ど底辺高校。またの名を、教育困難校。

間違いだ、これは間違いに違いない。

きっと、事務的なミスが発生したんだ。

入力ミスとか、システムのバグとか。

僕は、早速、模試を主催している予備校に問い合わせてみました。が、「そういう問い合わせは受け付けない」と、塩対応。

こうなると、もう止まりません。

『H・Y』という人物がそもそも実在するのか、それすら疑わしくなってきました。

僕が毎回トップをとるものだから、それでは刺激がないと考えた予備校側が、『H・Y』なる架空の人物をでっちあげたに違いない。……ああ、そうだ、そうに違いない。底辺高校に通うアホ娘だって全国模試一番をとることができる！……的な、感動ドラマを作って、予備校に生徒を呼び込もうとしているに違いない。

僕は、早速、パソコンに向かうと『H・Y』と打ち込み、検索してみました。

ツイッターがヒットしました。そして、

『やっほーい！　全国模試で一番とっちゃった！　てへ』

という呟《つぶや》きもみつけました。

……バカだ。本名を晒《さら》している上に、こんなプライベートなことを呟きやがって。

……こんなバカ女に、僕は負けたのか？

情けなさと怒りで、僕の頭はぐちゃぐちゃになりました。

……いや、でも、このツイッターも架空かもしれないぞ？

生徒の呼び込みに必死な予備校なら、そんな手の込んだこともやるかもしれない。

そうだ、これはすべて架空なんだ、作られたドラマなんだ。

こんなことが許されるのか？　大人の汚い拝金主義に騙《だま》されてたまるか。きっと証拠をつかんで、糾弾してやる！

僕は、手はじめに『H・Y』のデータを集めました。きっと、どこかに架空の証拠があるに違いない。

『H・Y』『H・Y』『H・Y』……僕は、パソコンにかじりついて、その名を何度も何度も何度も入力しました。

そんなことが、一週間ほど続いたでしょうか。ほとんど不眠不休で没頭しましたが、架空である証拠はなにひとつ見つかりません。それどころか、『H・Y』が実在するという事実ばかりが見つかってしまうのです。

そんなはずがない、そんなはずが！

偏差値三十一女が、全国模試の一位になるなんて、小説やドラマの中では起こっても現実に起きるはずがないんだ。

そして、五月の終わりの日曜日。

僕は最終手段に出ることにしました。

『H・Y』が実在しないことを確かめるために、東海道《とうかいどう》線に飛び乗ったんです。そして小田原《おだわら》で小田急線に乗り換えて――

……お恥ずかしい話ですが、それまで僕は電車にあまり縁がなく、地元からほとんど出たことがありませんでした。実家は地元で代々続く病院で、親戚《しんせき》もそのあたりに住んでいましたので、大概の用事は、車で事足りていたからです。

そんな僕ですから、小田急線のホームのあちこちに刻まれた「新宿」という文字に、なにか気後れしてしまって。

無論、東京には何度か行ったことがあります。が、数えるほどです。母のお伴《とも》で上《うえ》野《の》の美術館に行ったり、銀座《ぎんざ》に歌舞伎を見に行ったり。そのときは新幹線か車。

……不思議ですね。「上野」や「銀座」とかなら平気なのに、どうしてか「新宿」という文字に、僕は極度の緊張を強いられてしまったのです。

そういえば、それまで僕は「新宿」に行ったことがありませんでした。

避けてきた……というか。僕にとって「新宿」は、まさに「歌舞伎町《かぶきちょう》」のイメージです。そこを歩いているだけで道を踏み外す、または堕落する……そんなイメージです。

だからなのかもしれません。

ホームに入ってきた電車の方向幕を見た途端、足が震える思いでした。だって、そこには「新宿」と表示されている。

生来、僕は臆病《おくびょう》で引っ込み思案で、小心者です。親と会話することにすら苦痛を感じていたほどの、人見知りです。こんな矮小《わいしょう》な自分を他者がどう見ているのか、それを想像するだけで全身に震えが走る腰抜けです。それを克服するために、僕は必死で勉強してきました。それこそ、死に物狂いで。いい成績をとることで僕はようやく自信というものを身につけ、他者とも対等に接することができたのです。

が、きっと、「新宿」という場所はそんな虚勢など通用しないのだろう。「新宿」を根城としているようなやつらは僕の本性をたちまちのうちに見抜き、そして僕を餌食《えじき》にするに違いない。そう、僕はやつらに囲まれ、恐喝され、身ぐるみ剥《は》がされるのだ。

そんな恐怖が僕の頭を駆け巡り、僕は震えるしかなかったのです。

その恐怖に身を任せて踵《きびす》を返せば、僕の人生は順風満帆のままだったかもしれません。僕は第一志望のT大医学部に進み、そしてその六年後には医師免許を手にする。

きっと、あの震えは、何かの警告だったのです。なのに、そのときの僕は、

「引き返すのか？　だめだ、ここで引き返したら、俺は完全な負け犬だ！　さあ、行け、目の前の電車に乗るんだ！　男だろう！」

と、電車に飛び乗ってしまったのです。

乗ってしまえば、もう、なるようにしかならない。海老名《えびな》を過ぎる頃には僕の震えは完全に治まり、「次は町田《まちだ》、町田」というアナウンスが聞こえる頃には、なにやら訳の分からないエネルギーに満ちあふれていました。なにしろ、車窓に流れる町並はひどくローカルで、これだったら地元のほうがよほど都会だ。負ける気なんか全然しない。

そう、「町田」こそが、そのときの僕の目的地でした。

僕は、いつもの虚勢を取り戻していました。

「東京といいながら、なんだ、このしみったれた風景は」

が、町田の駅で降りると、その虚勢もどこへやら、また震えがやってきたのでした。

が、その震えは、気後れとも恐怖とも違う類《たぐい》のものでした。……今まで経験したこ

とがないような、震え。下半身の芯《しん》が痺《しび》れるような、震え。それは、我慢に我慢を重ねた末、排泄《はいせつ》をしたときの感じに似ていました。そうなんです。僕の性の目覚めは、唐突にやってきたんです。

なぜか。

『H・Y』を、見かけたからです。

『H・Y』に関しての予習は万全でした。『H・Y』テストというものがあったとしたら、満点をとる自信がありました。生年月日はもちろんのこと、顔のどの部分にホクロがあるのかも完全に答えることができました。なにも、違法な手口を使ったわけではありません。『H・Y』は自ら、個人情報をネット上に垂れ流していたのです。

重ね重ね、バカな女です。

こんな粗忽《そこつ》な女に負けたことがどうしても信じられない。

どう考えても、『H・Y』は、虚像だ。予備校が作り上げた、人形に違いない。

それを証明するために、こんなところまでわざわざやってきたのだ。

なのに、僕の気勢は、ホームを降りたとたん、削《そ》がれた恰好《かっこう》です。

なぜって、『H・Y』本人が、目の前にいる。これは夢でも幻でも作り物でもなく、紛れもない現実です。

僕の震えはピークに達しました。周囲の人がぎょっとした顔で僕を見るも、見なかったことにして、そそくさと通りすぎていきます。

ですが、『H・Y』だけが、僕のほうに歩み寄ってきました。

「どうしたんですか？　具合、悪いんですか？」

見た目は、いかにもガラの悪い茶髪のギャルなのに、その声は鈴の音のように可憐《かれん》で優しく、そして慈愛に満ちていました。

ああ。声だけは、盲点でした。僕が必死で集めたデータの中にはありませんでした。

だから、不意を突かれました。

僕は、この瞬間、恋に落ちてしまったのです。

はじめはよく分かりませんでした。動悸《どうき》が異様に激しくなり、身体中がかっかと火照り、目まで霞《かす》んできて。だから、なにか悪い病気になったのかと思いました。

「なんでもないよ。お腹が空《す》いてるだけ」

僕は、ぶっきらぼうに応《こた》えました。

「お腹、空いてるんだ。……あ、そうだ。飴《あめ》ちゃん、食べます？」

そして、彼女はその小さな白い手を僕に差し出しました。その手のひらの中には、イチゴ模様の包み紙。

イチゴの香りもしてきて、僕の頭はさらに訳の分からない酩酊《めいてい》状態に陥りました。

このままでは、きっと、最悪なことになる。

彼女の前で、醜態を晒したくはない。

「いらないよ！」

僕はそれだけ言うと、ホームに入ってきた電車に飛び乗りました。それは「新宿」行きで、その四十二分後、僕は新宿に降り立ち、なにがどうしてそうなったのかよく分からないのですが、気がつけば歌舞伎町をふらついていて、ガラの悪い連中にからまれ、カツアゲされて、警察に補導されていたのでした。

連絡を受けて静岡から飛んできた母の泣き顔を見たとき、僕はようやく我に返りました。

「ユウちゃん、いったいどうしたの！　なんで新宿になんか？」

僕はなんて答えていいか分かりませんでした。でも、母の問いには答えなくてはなりません。それが、我が家のルールです。

「息抜きに」

僕は、答えました。

僕が新宿で補導された件は、たちまちのうちに近所の噂になり、そして学校にも知れ渡りました。

「学校一の優等生が実は不良で、歌舞伎町のヤクザとタイマンを張った」という尾ひれまでついて。

一方、僕は、『H・Y』のことで頭がいっぱいでした。週末になると家を出て、町田に向かっていました。彼女に会うために。会う……といっても、彼女がいそうな駅のホームで何時間も待ってみたり、ときには彼女の家の近くまで行ってみたり。……彼女が、自身の個人情報を豊富にアップしていたおかげで、彼女の家を探し当てるのは簡単でした。……彼女は、町田駅から徒歩二十分ほどのところにある、古い団地に住んでいました。母子家庭です。……もともとは、裕福な家だったようです。が、父がギャンブルにはまり自己破産、それをきっかけに離婚し、彼女は母親に引き取られたんだそうです。そんな家のゴタゴタに嫌気がさしたのか、中学二年生ぐらいから髪を染めたり不登校になったり悪い仲間と付き合ったり……とグレてしまい、高校も最底辺校に進むしかなかった。でも本来は頭のいい子だったのでしょう、「こんなことじゃ、ダメだ」と高校に入ってから心機一転、真面目に勉強に励み、そして、全国模試トップの座を射止めた。

……そう、その頃になると、僕は、もう素直に認めていたのです。『H・Y』は実在していて、そして血も滲《にじ》むような努力でもって、トップを勝ち取ったという事実を。

それを疑ったことへの贖罪《しょくざい》と、そして尊敬の念をどうしても彼女に伝えたくて、僕は町田に通いました。

でも、どうしても声をかけることができなくて。

どうしても、彼女のそばに行くことができなくて。

遠くから彼女の後ろ姿を見つめて、そして携帯の写メで撮る……僕にできたのは、せいぜい、そのぐらいでした。

そうこうしているうちに、僕の成績はどんどん下がっていきました。

「あいつはやっぱり不良になったんだ。堕落したんだ」と、級友からも教師からも見放されました。

その代わりに、僕の周りには、劣等生たちが集まるようになってきました。

その一人がＤです。

Ｄは、入学当時は僕に次ぐ成績でしたが、何が理由なのか、どんどん成績を落とし、その頃になるとＥクラスの末席にまで身を落としていました。Ｅクラスは成績下位の連中が集まるクラスで、いわゆる落ちこぼれ。ちなみに僕は、成績を落としていたとはいえ、Ａクラスのままでした。

Ａクラスの生徒とＥクラスの連中が交わることはほとんどなく、同じ学校に通っていながら、まるで違う学校の生徒同士のようでしたが、ある日、Ｄが僕に声をかけてきたのです。

「君の秘密を、知ってるよ」

言いながら、Dは、青いUSBメモリをズボンのポケットから取り出しました。

血の気が引くとは、まさにこのことです。

「……なんで？」

と呟いた次の瞬間、「あ」と思い当たりました。

その数時間前、携帯で撮った『H・Y』の画像データを、USBメモリに移動させたことを思い出しました。そのとき、学校のパソコンを使用したのですが……ああ、あの後、USBメモリをどこかに落としてしまったんだ！

いずれにしても、この日から、Dは僕の脅迫者となったのです。

Dは、日々、僕にたかりました。なんだかんだで、高校を卒業するまでに、一千万円近くたかられたと思います。

たかるだけではなく、いつ何時でも僕を呼びつけ、奴隷のように扱いました。

あるときなんか。

「俺の代わりに、大学入試、受けてくれよ」

そんなことまで命令されました。

さすがに、それだけは。

「無理だよ。……すぐにバレるよ」

「大丈夫だよ。俺とお前は背恰好も似ているし、メガネでもかければ、絶対バレない」

「でも……」

「頼むよ。家庭の事情で浪人できないんだ。これが最後だから。これを最後に、お前とは縁を切ってやるから」

そう懇願されて、僕は、身代わり受験を引き受けたのでした。……その日は、自分自身の受験の日でもありましたが、僕は、Dの命令を優先させたのです。

果たして、Dは大学に受かり、僕は不合格。浪人することになります。

が、僕はほっと肩の力を抜きました。

なぜなら、Dは、例のUSBメモリを僕に返してくれたからです。

「安心しろ。コピーなんかはしてないから」

Dのその言葉は信頼に値すると思いました。なぜなら、僕は僕で、Dの弱みを握ったからです。

身代わり受験で合格したという秘密を。

つまり、僕は、ようやくDと対等の関係になったのです。

これで、Dとは完全に縁が切れた。

なのに、あの日、僕はDと再会してしまったのです。……そう、三年前、大学六年生のときです。

＋

新宿駅から西新宿に出るあの通路。

誰が言ったかは忘れましたが、偶然の宝庫です。

ああ、なんで、僕はあの日あの時間、あんなところを歩いていたのでしょうか？

今となってはよく覚えていませんが、もしかしたら、これこそが目に見えない導きなのかもしれません。そう、腐れ縁というやつです。

「よー、久しぶり！」

そう声をかけられて、僕の体は一瞬のうちに、冷凍マグロのように硬直しました。

恐る恐る、声の方向に視線を傾けると、そこには、スーツ姿のDがいました。

見るからにエリートサラリーマンです。一方、僕はネルシャツにケミカルウォッシュのジーパン。髪もボサボサです。

「なにやってんだよ、相変わらず、しみったれてんな！　仕事は？　まさか、フリーター？」

「…………」

「そうか、お前は医学部だもんな、まだ学生か！」

「…………」

「医学部は、学生期間が長くて羨ましいよ。俺なんか、大学卒業後は大手医療機器メーカーに就職してさ。営業だから、毎日クタクタになるまで歩いてんだ。今から、西新宿にある大学病院にいくところ」

「…………」

「それにしても、奇遇だな！　なんで、ここに？」

「…………」

「この近くに、住んでんの？」

「……ううん」

「じゃ、どこに住んでんの？」

「……四谷」

「いいとこ住んでんな！　さすがは、大病院の跡取り息子だ！　俺なんて、武蔵境《むさしさかい》だよ。知ってる？　武蔵境」

「……中央線の？　……三《み》鷹《たか》の次の？」

「そう。毎日毎日、大変だよ、通勤ラッシュに揉《も》まれてさ！　中央線のラッシュは、地獄そのものだよ。ああ、俺も都心に住みたいよ。六本木のマンションとかさ！」

「………」

「な、六本木のマンション、お前、借りてくんない？　俺のために」

冗談だろう？　……が、Dは真顔でした。それは、まさに、脅迫者の顔。

何言ってんだよ、身代わり受験をしたことで、すべてチャラにしたんじゃないか。

それに、USBメモリだって、返してもらった。

……まさか、コピーしていたのか？

その通り……とでも言うように、Dがいやらしく笑う。

悪夢です。まさに、悪夢。

その日を境に、僕はまた、Dの奴隷へと逆戻りしてしまったのでした。

Dにとって僕は、まさにATMでした。なんだかんだと金をたかられ、そして週末となると合コン会場に呼び出されて、支払いをさせられる。

それを渋ろうものなら、Dは必ず、あの歌を口ずさむのです。

キャンディ　アイラブユー　目覚めてよ
窓を越えてぼくは来た
イバラに囲まれ眠る横顔を

揺り起こすのは風さ

その歌を初めて聴いたのは高校時代、Dの金づるとして、カラオケボックスに呼び出されたときです。

「お前にぴったりの歌、見つけたぜ」カラオケのタッチパネルを操作しながら、D。

「原田真二って人が歌っていた曲だよ。お前と同じ名字だな！　な、原田くん」

そうこうしているうちにも、イントロが流れてきました。……どこか懐かしいメロディです。かなり有名な曲なんだろうと思いました。聴いたことがあるからです。……でも、なんでこの曲が、僕にぴったりなのか？

そんな疑問に答えるかのように、Dが思い入れたっぷりに歌い上げていきます。……その歌詞を字幕で追いながら、僕は、いつかのように身を震わせました。

「今度は、お前が歌ってみろよ、原田くん」

Dにそう言われたら、従うしかありません。

僕は、マイクを握りしめると、お経のように、モニターに映し出された字幕を唱えました。

キャンディ　アイラブユー　許してよ

ダイヤモンドは持ってないけど
草の葉に光る朝のきらめきを
素肌にかけてあげる
ぼくは君の中溶けてゆく
寒い心　そのやさしい手で包んで…

……その歌詞は、確かに、僕のことを歌っているかのようでした。

あのときの僕のことを。

『H・Y』に対する恋慕が止められず、彼女の部屋の前で、一晩、佇《たたず》んでいたあのときの僕のことを。

＋　＋　＋　＋

――え？　キャンディに出てくる〝ぼく〟は、見知らぬ男ってことですか？

「はい。私は、そう解釈しています。キャンディに片思いしている男が、その欲情に身を任せ、ある夜、キャンディの寝室に忍び込んだのではないかと」

――ちょ、ちょっと待ってください！　もしそうだとしたら、大変な事件ですよ！

「昭和歌謡というのは、事件ギリギリの内容を歌ったものも多いんです。つまり、非日常を歌っているのです。その非日常のアンチテーゼとして台頭してきたのが、フォークソングです。『神田川』に代表されるような、日常ソングです。『神田川』の歌詞はご存じですよね？」

——『神田川』の話じゃなくて、『キャンディ』の話ですよ！　あの歌詞の中に出てくる〝ぼく〟が、面識のない男……と解釈すると、『キャンディ』という歌は、とんでもない内容になりますよ！　……だって、不法侵入ってことですよ？

「ええ、そうです。なにしろ、窓から侵入してますからね……」

——不法侵入ってだけではなくて、〝ぼく〟はキャンディを……。

「そうです。レイプしたってことになりますね」

＋　＋　＋　＋

……あの秘密だけは知られてはならない。あの秘密だけは。

だから、その日も僕は、Ｄの呼び出しに従いました。

六本木の高級カラオケ店。二時間のルームチャージだけでも二万円はするこのカラオケ店を、Ｄはよく使用していました。Ｄは、この店を「やり部屋」と呼んでいました。

そう、合コンやナンパで知り合った女性を連れ込んでは、性行為に及ぶのです。

僕は二十六歳になっていました。本来ならば医師国家試験に受かり、研修医をしているはずでしたが、Ｄにたかられているストレスで、その年の国家試験に落ちていたのです。

「医師国家試験の合格率って、九十パーセントを超えるって聞いたぜ？　なのに、落ちたの？　原田くんは相変わらずだなー」

その日も、僕は散々からかわれました。

「原田くんは、昔からそうなんだよな。緊張しぃなんだよ。ここぞという局面で、失敗しちゃうんだ」

そして、大笑い。

「でも、こんな原田くんだけど、妙に度胸はあるんだよな、女に関しちゃ」

そう言いながら、カラオケのタッチパネルを操作するＤ。

そして、あのイントロが流れてきたのでした。

「では、原田くんの十八番《おはこ》、『キャンディ』です！」

僕は、こうやって、死ぬまでＤのおもちゃにされるんだろうか？　いっそのこと、身代わり受験のことをぶちまけてしまおうか？　一度、そんなことをにおわせたことがあります。

「いいよ、俺は別に。俺が今いる会社は、実力主義なんだよ。だから、学歴や学歴詐称なんてあんまり問題にしないの。今更、身代わり受験のことがバレても、俺は失うものはない。でも、原田くんは違うよね？　失うものは多いよな？」

……いっそのこと、死んでくれないだろうか？

そんな呪詛《じゅそ》を込めながらマイクを握り締めていると、さっきまで、Dの隣で酔いつぶれていた女性がいなくなっていることに気がつきました。

Dの股間《こかん》には、シミ。

なるほど。たぶん、トイレに女性を引っ張り込んで、そのあと……。

Dの常套《じょうとう》手段です。獲物に選んだ女性をとことん酔わせて、介抱するフリをしてトイレに連れ込み、そして一方的に乱暴する。

見ると、男性が一人、いなくなっている。……これもDの手口だ。獲物にした女性とやらせてやる……と言って金を取る。獲物になった女性は、意識がない中、見知らぬ男たちに次々と乱暴され、ボロボロにされる。一方、Dは小金を稼ぐ。

とんだ悪人だ。たぶん、生まれながらの悪人なんだろう。こんなやつに目をつけられたら最後、もう死ぬまで従わなくてはならないのだろう。

……そう思ったら、なんか、泣けてきました。

「おい、原田くん、どうしたんだよ？　泣いてんの？」

　Ｄが、珍しく、優しい口調で僕の肩を摑《つか》みました。

「原田くんも、女とやってきなよ。トイレにいるからさ。そしたら、涙も吹っ飛ぶぜ？　なにしろ、現役女子高生。……ＪＫ、好きだろ？　……ほら、そんな暗い顔してないで、やってこいよ。原田くんは、特別に一万円でいいや」

　こいつは、本当に悪人だ。

「……金、ないんだ」

　僕は、抵抗するように言った。それは、ここの支払いも拒絶する意味だったが、

「あ、そう。なら、とっととＡＴＭに行ってこいよ」

と、肩を強く叩《たた》かれ、僕はすごすごと、部屋を出ました。

　このまま帰ってしまおうか？　とも思いましたが、僕は、躾《しつ》けられた犬のごとくＡＴＭに行って金を下ろし、そしてＤのもとに戻ったのでした。

　そうこうしているうちに、僕は、二年目の医師国家試験にも落ちてしまいました。

　僕以上に心配したのが、実家の両親、特に母でした。母は、僕に無断で医師国家試験の予備校に願書を出し、「とにかく、つべこべ言わずに通いなさい」と、強い口調で命令しました。

　拒絶する道はありませんでした。

それで、僕は、その年から新宿の予備校に通うことになったのです。

思えば、あの日以来、つくづく、新宿に縁があります。そう、小田急線の方向幕に書かれた新宿という文字にビビり、全身を震わせたあの日以来。できれば、あの日に時間を巻き戻したい。そして、小田急線なんかには乗らずに踵を返せば、僕の人生は光溢《あふ》れたものだったはずだ。Dともかかわらずに済んだはずだ。

ああ、本当に、死んでしまいたい。

そんな絶望の暗闇をさまよっていた僕の前に、一筋の光が見えました。予備校の受付嬢、相馬莉乃です。
なんとなく、『H・Y』に似ている。
胸がときめきました。

でも、僕なんかが恋をしちゃいけない。それに、あっちだって僕のことなんか眼中にない。……そう諦《あきら》めたところ、彼女から声をかけてきました。
予備校の帰りに、ばったりと会ったのです。

たぶん、彼女が待ち伏せしていたのでしょう。……おかしな話です。恋とは無縁の僕が、アタックされる側になるなんて。まあ、たぶん、僕の実家と経歴と、そしてドクターという将来性が買われてのことだと思います。それでも、悪い気はしなかった。僕たちは、その日に性交渉に至りました。莉乃が、自分のアパートに誘った恰好です。我ながら随分と早い展開だな……と思いました。今時の女子大生は積極的だな……とも。積極的というか、ひどく焦っている感じでした。内定をとろうと必死になる感じと似ています。……ああ、そうなのかもしれません。莉乃にとっては、就活のようなものだったのかもしれません。永久就職という内定をとるために、必死だったのでしょうね。

その証拠に、莉乃は常に結婚をちらつかせ、僕に迫りました。正直、うんざりでした。それだけでなく、莉乃はセックスが大好きで、毎晩のようにしたがるのです。そして、それを撮影しろとうるさい。とんだビッチです、ナルシストです、変態です。

こんなの、全然『H・Y』なんかじゃない。少しでも似ていると思った自分を詰《なじ》りたい。

なのに、莉乃は、一方的に別れを言いだしました。たぶん、他にいい男ができたんでしょうが、それにしたって、勝手すぎやしないか？　莉乃に対してはなんの未練もありませんでしたが、抗議のひとつはしておきたいと、彼女のアパートの前で待ち伏せしたことは事実です。合鍵《あいかぎ》を使って、彼女の部屋に入ったのも事実です。でも、一回だけです。その一回だけでストーカー扱いされちゃ、僕だって。……でも、下手に反撃したら、あの思い込みの激しい莉乃のことです、ますますストーカーのレッテルを貼るに違いない。そう思い、僕は潔く引き下がりました。なのに、今度は、莉乃のほうがストーカーのような真似をして。

いえ、立派なストーカーです。だって、僕の部屋に合鍵で忍び込んだり、盗聴器をしかけたり。さすがに気持ち悪くなって、僕は引っ越したのです。

本郷《ほんごう》に。

ええ、そうです。僕の住まいは、文京《ぶんきょう》区本郷です。それなのに、なぜ、莉乃は六本木のあのマンションに火をつけたのでしょう？

Dが住んでいる、あのマンションに。

ああ、そうか。たぶん、予備校の事務の人が間違えたんでしょうね。予備校に連絡先を提出する際に、僕は六本木のマンションの住所も記入しました。

なぜなら、あのマンションを借りたのは僕ですから。ええ、そうですよ、Dに脅されて、六本木にマンションを借りたんです。家賃、二十五万円。親には、「六本木の予備校で特別授業を受けたいから、近くにマンションを借りたい」と嘘を言って、お金を引き出しました。

と、いうことで、住んでいるのはDですが、名義は僕の名前なんです。だから、今住んでいるマンションの他に、六本木のマンションの住所も記入して、予備校に提出していたんです。

……そうか、それが原因か。

僕とDは背恰好が似ている。だから、莉乃も間違えてしまったのでしょう。Dのことを、僕だと。

だとしたら、なんとも悪いことをしました。

だって、あの火事のおかげで、Dは死んでしまったのですから。

＋　＋　＋　＋

「ところで、二宮さん。なぜ、『キャンディ』の話になったんでしたっけ？」

——ですから、例の『六本木ヴィンテージマンション放火事件』ですよ。その事件の参考人として事情を聴取した原田優人のカラオケの十八番が、『キャンディ』なんです。

「ああ、そうなんですか。で、原田優人というのは？」

——放火犯として捕まった相馬莉乃の、元彼です。相馬莉乃は、原田優人にリベンジポルノされるという妄想に駆られ、マンションに放火しました。が、そのマンションには原田優人は住んでおらず、その友人の段田《だんだ》武史《たけし》が住んでいて、その彼が亡くなったんです。

「ほー、なるほど。そんなどんでん返しが。その友人は、とんだとばっちりでしたね」

——とばっちりで済ませていいんでしょうか？　僕、なんとなく腑《ふ》に落ちなくて。

……それで、参考人だった原田優人の供述調書を取り寄せてみたんです。

先生にもぜひ、読んでいただきたくて、持参いたしました。これです——

＋　＋　＋　＋

警視庁生活安全総務課、ストーカー対策室、特別対策ゼロ係。

巡査部長の二宮隆の手には、原田優人の調書のコピー。そこには、おびただしい付《ふ》箋《せん》が貼られている。

「なんか、おかしいんだよな。……この事件で、最も得した人物といえば、原田優人」

二宮隆は、いつかテレビで観た刑事ドラマの主人公よろしく、人差し指でおでこを支えると「うーん」と、しばらく唸《うな》った。

そんなことを一時間ほど続けた後、

「やっぱり、原田優人だ。彼が、相馬莉乃を巧みにミスリードして、脅迫者の段田武史をこの世から消した」

二宮隆は、小鼻をうごめかした。

我ながら、なんて見事な推理だろう。自分の頭脳に、うっとりしてしまう。

この推理を今すぐ誰かに聞かせてやりたい。

そう思い、周りを見渡していたとき。

メールが届いた。

それは、塀の中のレクター博士こと先生からだった。弁護士を通じて、メッセージが届けられたのだ。

なんだ？　昨日、会ったばかりだというのに。

……メールを開けてみると、

「調書、読みました。今頃、あなたは、原田優人が怪しいと思っていることでしょう。今回の事件で一番得をしたのは、紛れもなく、原田優人です。だから、原田優人が相馬莉乃を操って段田武史を消した……と、あなたは推理しているのではないでしょうか。なにしろ、段田武史は、原田優人の脅迫者です。段田武史が生きているうちは、原田優人に安寧の時間は訪れません。だから、自分の手を汚さずに、相馬莉乃を使って……」

なんだ。先生も同じことを考えていたんだ。

なんだか頼りない先生だけど、やるときはやるじゃん。

これで、決まった。今回の黒幕は、原田優人で間違いない。よし。今すぐ、再捜査を——

「が、それは、早とちりです。原田優人は、今回の事件に関しては、まったく無関係です。結果的に原田優人が得する形になりましたが、これはただの偶然であり、オカルト的にいえば、運が彼の味方をしたのでしょう。ですから、二宮さん、くれぐれも早まった行動はとらないように。でなければ、あなたは笑いものです」

なんだと！

野蛮な声が出そうになって、二宮隆は口を自分の手で塞《ふさ》いだ。

一応は、クールな男で通っている。どんなときにも冷静沈着な男で。

二宮は、背筋を正すと、引き続きメールの文面を追った。

「『キャンディ』の歌詞を引用しておきますので、よく見てください。先日も言いましたが、〝ぼく〟は侵入者という解釈で」

はぁ？　なんだって、今更、『キャンディ』なんだ？

と思いつつも、二宮隆は、引用部分に視線を走らせた。

キャンディ　アイラブユー　目覚めてよ
窓を越えてぼくは来た
イバラに囲まれ眠る横顔を

揺り起こすのは風さ

キャンディ　アイラブユー　許してよ
ダイヤモンドは持ってないけど
草の葉に光る朝のきらめきを
素肌にかけてあげる
ぼくは君の中溶けてゆく
寒い心　そのやさしい手で包んで…
Umm　キャンディ

君はぼくの中　ひとつだね
夢の渦に巻きこまれて舞い上がるよ
アイ（ラブユー）

キャンディ　アイラブユー　泣かないで
君が泣けば空も泣いちまう
誰も君の髪さわらせたくない

死ぬまでぼくのものさ
寒い心　そのやさしい手で包んで…
Umm　キャンディ

……しかし、なんだ。〝ぼく〟が侵入者だと解釈して改めてこの歌詞を見てみると、とんでもない内容になる。

誰とも知れない〝ぼく〟が窓から忍び込んで、泣き騒ぐキャンディを犯す……という内容になってしまうからだ。

「そう、〝ぼく〟を侵入者と解釈すると、一方的な夜這《よば》いの話になります。が、それだけではありません。

私は、〝死ぬまでぼくのものさ〟というフレーズに注目しました。〝ぼく〟は、キャンディを殺害しているのではないか？……と」

殺害！

またまた声が出そうになり、二宮隆は口を押さえた。

「そう。キャンディは、窓からの侵入者に乱暴された上に、殺害された。……そう解釈すると、原田優人の本当の秘密を解き明かすことができるのです」

原田優人の……本当の秘密？

「原田優人は、段田武史に、高校時代からずっと脅迫されてきました。常に大金をたかられ、六本木にマンションまで。……なぜ、原田優人は、そこまで段田武史に屈しなくてはならなかったのか。それは、言うまでもなく、段田武史に握られた秘密のせいです。大金をたかられても、六本木にマンションをねだられても、拒絶できなかったほどの大きな秘密」

　だから、それは、ＵＳＢメモリの中に入っている画像だろう？　『Ｈ・Ｙ』という女子高生を隠し撮りした。

「そうです。そのＵＳＢメモリには、『Ｈ・Ｙ』の画像が保存されている」

学校では優等生として通っている自分が、密《ひそ》かに他校の女子高生の姿を隠し撮りしていた……なんて知られたら、確かに恰好がつかないもんな。

「いいえ、ただの隠し撮りではありません。ただの隠し撮りだったなら、段田武史にあそこまで屈することはなかったはずです」

　確かに。

「そのＵＳＢメモリには、重大な秘密が保存されているはずです。それがバレたら、原田優人の致命傷になるような、重大な秘密が」

　だから、その秘密ってなんなんだよ！　ああ、回りくどい！

「……推測ですが。『Ｈ・Ｙ』の死体、または、殺害しているときの画像が、そのＵ

SBメモリに残っているのではないかと」

　は？

　あまりの展開に、二宮隆は、間の抜けた声を上げた。

「思い出したんです。十年ほど前、女子高校生が団地の自室で殺害された事件を。確か、町田だったと思います。塀の中では調べる術《すべ》がありませんが、二宮さんなら、できるでしょう。さあ、今すぐに、検索してみてください」

　二宮隆は、早速、「十年前　女子高生　町田　殺害」というキーワードをパソコンに入力した。その検索結果は――

……13日午前6時50分頃、東京都町田市の公営団地の一室で、都立北町田高校2年の横川《よこかわ》日菜子《ひなこ》さん（16）が首から血を流して死亡しているのを、夜勤から帰宅した母親が見つけた。横川さんの口と手には粘着テープが巻かれ、北町田署は殺人事件として捜査している。

　嘘だろう。……この事件、確か、新聞配達員が容疑者として逮捕され、しかし留置中に自殺。被疑者死亡……ということで、うやむやになった事件だ。

　ということは、冤罪《えんざい》？

「いずれにしても、その証拠は、ＵＳＢメモリの中です。ＵＳＢメモリを捜すといいでしょう。……私の推理では、ＵＳＢメモリは、相馬莉乃が持ち去ったのではないでしょうか？　彼女は原田優人の部屋に忍び込み、記憶メディアをすべて奪ったと供述しています。だから、もしかしたら――」

ここまで読んで、二宮隆は、いったん席を立った。

そして、「見なかったことにしよう」と呟きながら、とりあえずは缶コーヒーでも飲むかと、上着のポケットから小銭を取り出した。

case4　シイク

「ミチコ、ミチコ、見てますか？　パパだよ」

「ミチコちゃん、ママですよ。ミチコちゃん、今、どこにいますか？」

「ミチコ、どこかでこの番組を見ていたならば、どうか、戻ってきてほしい。怒らないから、だから、どうか、パパとママのところに——」


　どこかで、声がする。

それは、とても懐かしい声。

パパ？　ママ？

あたしは、おもむろに顔を上げた。

でも、見えるのは、銀色の棒ばかり。その隙間からもっと遠くを見ようとしてもなにかが邪魔をして、ぼんやりした世界しか見えない。

「ミチコ、ミチコ……」

ああ、やっぱり、パパの声だ。

「ミチコちゃん、ミチコちゃん……」

そして、ママの声。

『ここだよ、あたしはここだよ！』

声を上げてみたが、それは小さなうめき声にしかならない。だって、首になにかをはめられている。……これ、嫌い。だって、ぐいぐい首に食い込んで、苦しい。なんだって、こんなものを首にはめるの？

これ、はずして！

「なにが、パパだよ、ママだよ！」

その声に、体中の毛が逆立つ。

あたしは、体を小さく丸めた。

影が、過《よぎ》る。

「まったく、テレビにまで出やがって、バカ夫婦が！　こうしてやる！」

影が、壁からなにか紐《ひも》を引っこ抜いた。と、同時に、パパとママの声が消えてしまった。

「ミチコ」

その影が近づいてくる。……いつものにおい。

あたしは、体をよじった。

近づかないで、こっちにこないで。

でも、逃げられない。だって、銀色の棒が上下左右に立ちはだかっている。あたしを囲っている。

「ミチコ、どうしたんだい？　なんで、ご飯、残すの？」

だって、だって。……このご飯、嫌い。

「好き嫌いはダメだよ、ミチコ。なんでもモリモリ食べなくちゃ、大きくならないよ」

でも、でも、……嫌い。あたし、ハンバーグが食べたい。手作りハンバーグ。

「まったく、あのバカ夫婦が甘やかすから」

パパとママのこと？

「何度言ったら分かるんだ。やつらは、パパでもママでもない。……いいかい？　ミチコ。やつらは、悪魔なんだよ。鬼なんだよ。……君は捨てられたんだ」

違うもん。

パパとママは、あたしを捨ててなんかいないもん！

……はじめのうちはそう噛《か》み付いてもいたが。今となっては、その気力もなくなった。

もしかしたら、この影の言う通りなのかもしれない。あたし、捨てられたのかもしれない。

「はじめから、あの夫婦は、ミチコのことなんか好きでもなんでもなかったんだよ。

仕方なく、いやいや、育てていたんだよ」

……そうなの？

「君は覚えていないかもしれないけれど、君は、もらわれっ子なんだ」

……そうなの？

「そう。君があのうちに来たとき、『ああ、どうしましょう。赤ちゃんを育てる自信がない』って、あの女が愚痴っていたのを聞いたことがある。しかも、『このままではノイローゼになりそうよ』って、弱音も吐いていた」

……それって、ママのこと？

「あの男もそうだ。『夜泣きが煩《うるさ》くて、どうにかなりそうだ』って言って、小さな君を疎んじていた」

……それって、パパのこと？

「君は、まだ小さかったからね。覚えていないのも仕方ない。でも、本当のことだよ。なのに、今更、パパ面ママ面しやがって。……いいかい、ミチコ。騙《だま》されちゃいけないよ。あの夫婦は、悪魔だ、鬼だ。……あの二人のもとに戻ったとしても、邪険にされるだけだ、最悪殺される。だから、ここにいるんだよ。ここにいれば、安全だからね」

……うん、分かった。

「いい子だ、ミチコ。……なんて可愛いんだ。ミチコ。……さあ、こっちにおいで」

そして、影の手が、銀色の棒でできた扉をがちゃりと開けた。

今だ。今、この隙に逃げれば……。

前は、そんなことも何度かやってみたけど。今は、どうしてかそんな気にはなれない。

「さあ、ミチコ、おいで」

あたしは、素直に身を委《ゆだ》ねる。

「さあ、いい子だ。ミチコ、ミチコ、ああ、本当に可愛い」

影の指が、あたしの体中をまさぐる。

やめて、やめて。

……でも、この指、嫌いじゃない。なんだかとても気持ちがいい。……もっと撫《な》でて、もっと。もっと。

「ごめんね、ミチコ。今から出かけなくちゃいけないんだ。仕事なんだ。お留守番、できるね？」

そして、あたしは再び、銀色の棒だらけの箱に戻された。

……ここ、嫌い。飛び跳ねることも、体を思いっきり伸ばすこともできない。

なんで、こんな狭くて、暗いところに、あたしを閉じ込めておくの？　しかも、おトイレもここでしろという。

はじめは、とてもそんなことできなかった。だから、三日間、我慢した。でも、どうしても我慢できなくて、四日目の朝、影が見ているその前で……。

悔しかった。悲しかった。……でも、今は、割と平気になってしまった。これが〝慣れ〟というものだろうか？

あたし、こうやって、これからもいろんなものに慣らされていくんだろうか？　あの影によって。

暗くて狭くて臭いこんな場所に閉じ込められて、朝だか昼だか夜だか分からないまま、あたしはこれからも生かされていくんだろうか？

やっぱり、帰りたい。

パパとママのところに。

そして、体中にいっぱい、お日様を浴びたい！

＋　＋　＋　＋

――ご無沙汰《ぶさた》しております。僕は警視庁生活安全総務課、ストーカー対策室、特別対策ゼロ係の……。

「二宮隆巡査部長。どうしたんですか、改まって」

——いえ、先日昇任しまして。今は、巡査部長ではなくて、警部補です。

「それはそれは。その歳で警部補とは、なかなか順調な出世ではないですか」

——そうですか？　でもキャリアなら、いきなり警部補からスタートして、一年半で警部ですからね。黙っていてもあっという間に署長まで駆け上る。公務員試験予備校の同期がまさにそれです。僕と同年齢で、もう副署長ですからね！　一方、僕なんて、所詮《しょせん》、準キャリア。ようやっと警部補です。……まったくこの差ときたら。ああ、大学時代、国家公務員採用総合職試験に受かっていさえすれば。国家公務員一般職なんて——

「それでも、ノンキャリアの人に比べれば、かなり恵まれているじゃないですか。あなたは、このままいけば数年後には警部。でも、ノンキャリアの人たちがそこにたどり着くまでには、何年もかかるわけです。いえ、そこにたどり着けないまま、退官する人がほとんどなんです」

——まあ、それはそうですけどね。

「で、今日はどんなご用件で？」

——ええ、それが……。……でして、……だから……。

「え？　なんです？　ほとんど聞き取れないんですが」

——あ、すみません。ちょっと……あまり大きな声では言えないんですよ、誰かに聞かれると……そちらの刑務官とか。

「ああ。その点なら大丈夫です。ここの刑務官は、ぼんやりしていますから。今だって、寝ていますからね。ああ見えて」

――本当ですか？

「ええ。万が一起きていたとしても、あの人は今、アイドルのことで頭がいっぱいです」

――アイドル？

「なんでも、最近、追っかけしているアイドルがいるらしくて。それで、先日もずる休みしましてね、それがバレてこっぴどく叱られたみたいですよ。それでも懲りずに、今日もなんだかんだと理由をつけて早退しようとしているんですから。やれやれです」

――でも、あの人、……どう見ても、いい歳ですよね？

「老いらくの恋……というやつでしょう。歳がいってから何かに火がつくと、もう、手がつけられません。……ということなので、どうぞ、普通の音量でお話しください」

――はい、分かりました。……実はですね。これは、母の友人の身に起きた事件なんですが。

「ご母堂のご友人？」

――はい。母の古い友人で、コバヤシサチエさんという方です。三十年前に結婚されて、今は三鷹市に住んでいるんですが。

「三鷹市。いいところですよね」

行ったこと、あるんですか？

「もちろん。私が通っていた高校が、三鷹でしたから」

――ああ、そうなんですか。……すみません、リサーチ不足で。

「いえ、いいんです。私のことなんか。……では、続きをどうぞ」

――そのコバヤシさん夫婦は、長らく子宝に恵まれていなかったんですが、十三年前、〝ミチコ〟ちゃんという名の娘ができたんです。

「ということは、今年で十三歳？」

――はい。……でいえば、中学一年生です。

「なるほど、中学一年生」

――ご夫婦はそれはそれはミチコちゃんを可愛がり、まさに、溺愛《できあい》。目の中に入れても痛くないという状態だった。

「だった？　過去形なのはどうしてですか？　まさか、ミチコちゃんに何かが？」

――はい。御《お》察《さっ》しの通りです。ミチコちゃんが、半年前から、行方不明なんです。

「行方不明……？」

＋　＋　＋　＋

はい。ちょうど半年前の六月九日のことです。

いつもなら、

「ママ、パパ、ごはんは？　お腹空《す》いた！」

というミチコの声で、我が家の朝ははじまります。

「ママ、パパ、早く、早く、ごはん！」

ああ。今こうしていても、あの子の愛らしい声が聞こえるようで。

……あの子は今頃、どうしているんでしょうか？　お腹を空かせていないでしょうか？

あの子は、見た目は華奢《きゃしゃ》なんですがとても食いしん坊で、年がら年中、お腹を空かしているんです。しかも、グルメで。どんなに腹ペコでも、ちゃんとしたものしか食べません。ちょっとでも手を抜くと、「これ、嫌い」と、口をつけてくれないんです。

だから、毎朝、大変でした。
①宮崎から取り寄せた冷凍鶏肉《とりにく》を解凍するところからはじまり、②解凍している間に鹿児島から取り寄せたサツマイモをふかし、③京都のお豆腐と群馬の地鶏卵を混ぜ合わせ、④　①と②と③をミキサーの中へ。⑤いい具合にミンチされた④をこねて俵

形に。⑥そして最後にレンチン。……ミチコちゃんの大好きなハンバーグの出来上がりです。

　そして、付け合わせは、ツナサラダ。①三崎《みさき》から取り寄せた冷凍マグロを解凍するところからはじまり、②オリーブオイルを塗ったお皿にマグロの刺身を並べてレンチン。③それを食べやすいように細かくほぐして……え？　ツナ缶じゃダメなのかって？　ダメです、絶対ダメ。ツナ缶は、余分なものが多く入りすぎていますから。ミチコちゃんの繊細な体には毒なんです。だから、ツナも手作りです。

　毎朝それでは大変じゃないかって？　だから、大変でしたよ。でも、あの子が嬉《うれ》しそうに食べている姿を見ていると、どんな苦労も吹っ飛んじゃうんです。……ああ、この子のために今日も頑張ろうって。この子の幸せのためならなんでもしてあげようって。

　主人だってそうです。どんなに仕事でツライことがあっても、体調が悪くても、「今日もミチコは元気だな。俺も頑張るか」って、ニコニコ顔になるんです。

　そう、ミチコは、我が家の太陽でした。

　老年期を迎えた私たち夫婦にとって、ミチコは、エナジーそのものだったんです。

　でも、その朝は、いつもと様子が違っていました。

いつもなら、

「ごはん、ごはん」

と、ベッドの上を飛び回るミチコの声がしません。

だから私たち、その朝は、つい、寝坊してしまったんです。時計を見ると、朝の八時。

「え？」

隣を見ると、主人はまだ夢の中、呑気《のんき》にいびきまでかいて。

「ね、ちょっと、ちょっと」

数回揺すると、主人の目がようやくうっすら開きました。

「なんだ、どうした？」と言いながら、時計を覗《のぞ》き込む主人。

「え！　なんでこんな時間なんだよ？」

八時。本来ならば、主人が家を出る時間です。

「なんで、どうして？」慌ててベッドから起きだす主人。

「だから、私たち、寝坊をしてしまったのよ」

私も、慌ててベッドから起き上がりました。

「どうして？　なんで、寝坊してしまったんだ、俺たち？」

「だから……」

……と、そのとき。私たちはようやくその異変に気がつきました。

「……ミチコは？」

夫婦揃って、恐る恐る、娘の部屋を覗いてみました。

その瞬間まで、私たち夫婦はまだまだ楽観的でした。

いつもは早起きのミチコ、でも、どこか具合が悪くて、まだベッドの中なのではないか？　って。

「ミチコちゃん？　起きてる？」

「ミチコ？　どこか具合でも悪いのか？　パパにみせてごらん」

……ああ、言い忘れてましたが、主人は医者です。近くの病院に勤務しています。

「ミチコ、パパがみてあげるから、ミチコ」

と、主人が、ベッドのタオルケットを剝《は》がすと――

「……！」

「……？」

私たち夫婦は、しばらくは状況が飲み込めず、啞然《あぜん》として立ち尽くしました。

だって、そこはもぬけの殻。

ミチコが吐き出したと思われる嘔吐《おうと》物《ぶつ》だけがポツンと。私たちの楽観は、一気に吹き飛びました。

「ミチコちゃん！」

「ミチコ！」

それから、私たちは無我夢中で家中を捜し回りました。

もしかしたら、かくれんぼをしているのかもしれない。それとも寝ぼけて、どこか変なところで寝ているのかもしれない。

「ミチコちゃん！」

「ミチコ！」

それこそ、家中をひっくり返したように捜し回りました。でも、見つかりません。返事もありません。

そして、十時過ぎ。主人の携帯電話から着信音。

主人と私は顔を見合わせました。

まさか、……誘拐？

この電話は、……犯人から？

＋　＋　＋　＋

「で、その電話は、犯人からだったんですか？」

――いえ、違いました。ご主人の病院からでした。定時になっても出勤してこないので、心配した職場の人が電話してきたんだそうです。

「なるほど。ご主人、出勤することも忘れて、娘さんを捜しておられたんですね。……それで？」

――ご夫婦は、まずは誘拐を疑いました。だから警察には連絡せずに、犯人からの連絡を待っていたんだそうです。下手に警察に連絡したら、娘の命にかかわるかもしれないと思ったんでしょう。

「でも、犯人からの電話はなかった？」

――はい。

「あるいは、誘拐ではなくて、その娘さん自ら家を出たとか？」

――それはないということです。というのも、娘さんには持病があって、一人で外に出ることは考えられないと。

「持病？」

――腎臓がちょっと。

「なるほど。それで、自宅で療養をしていたと？」

――はい。

「それで母親は、ツナまで手作りするほど、食事には気をつかっていたというわけか」

——はい。なので、家出はありません。

「誘拐でもなく、家出でもないとなると——」

——神隠しかもしれません。

「神隠し？」

——はい。神隠し。人がちょっとした隙にいなくなる……という事例は今までも多く報告されています。家の中で寝ていたはずなのに忽然《こつぜん》と姿を消した少女、親が数秒目を離した間にいなくなった少年、家で留守番していたはずなのに消えてしまった少女。

「どれも未解決の事件ですね。未解決の事件を〝神隠し〟で処理するというのは、警察の人間としてどうなんでしょう？」

——でも、どう考えても、神隠しとしか……。

「分からないことを〝オカルト〟の分野に押し付けるのは、フェアではありません」

——しかし、どの事件も、周囲や関係者の証言通りならば、神隠しとしか……。

「〝不思議〟なことが起こる最大の理由は、なんだか分かりますか？」

——なんですか？

「それは〝嘘〟です。誰かが虚偽の証言をすることにより、〝不思議〟が生じるのです。言い換えれば、嘘が交じることで理屈が合わなくなり、それを〝不思議〟と片付けるしかなくなるのです」

――なるほど。……ということは、過去の神隠し事件は、誰かが嘘をついていたと？

「その可能性は大きいでしょうね。事実、数年前に湾岸エリアのマンションで起きた〝神隠し事件〟は、嘘の証言をしていた人物が犯人でした」

――ああ、あの事件。……自宅マンションに戻った直後、女性が忽然と姿を消したという事件ですね。

「蓋《ふた》を開けてみれば、同じマンション内に住む男が犯人でした。そいつは女性が帰宅した直後を狙い、玄関ドアから侵入、女性を自室に連れ込み、監禁。そして殺害した」

――犯人が、平然とマスコミのインタビューに答えていましたよね。当時、僕は学生でしたが、怪しいって思いましたよ、そのインタビュー映像を見て。……ちょっと待ってください。先生は、コバヤシさんが嘘をついているというのですか？

「あるいは、それも疑ったほうがいいかもしれません」

――もっといえば、コバヤシさん自身がミチコちゃんを？

「…………」

――先生、さすがにそれはありません。コバヤシさんに限って、それだけは絶対にありませんから！　だって、コバヤシさんは、本当にいい人で、人格者なんです。それに、ミチコちゃんを本当に本当に可愛がっていたのです。そんなコバヤシさんが、自ら娘を手にかけるなんて！

「いや、さすがにそこまでは言っていません。ただ、コバヤシさんの証言を鵜《う》呑《の》みにしてはいけない。思い違いが含まれているかもしれない、または隠していることがあるかもしれない……そう言ったまでです」

――隠していること？

「あるんですね。隠し事が」

――実は。ミチコちゃんは、もらいっ子だそうです。

「もらいっ子？　ということは、実の娘ではないんですか？」

――は？　……まあ、もちろん、コバヤシさん夫婦は、実の娘のように思っていますが。

「なるほど。その辺の事情に、なにか鍵が隠されているかもしれませんね」

――先生。まだ、コバヤシさん夫婦を疑っているんですか？　繰り返しますが、コバヤシさん夫婦に限って、絶対にそんなことはありません。……そりゃ、ミチコちゃんを引き取った当初は、色々とあったようですが。

「色々？」

――なにしろ、赤ちゃんと一緒に暮らすのは初めて。だから、なにかと慣れないことばかりで、当初はちょっとナーバスになっていたらしいんです。母のところにも、ちょくちょく相談の電話がかかってきたみたいで。……でも、今は違いますよ。今は、本当に、素晴らしいパパとママなんです！

「分かりました。話を戻しましょう。……それで？ ミチコちゃんが部屋から消えて、それからどうなりましたか？」

――その日、深夜になってもミチコちゃんは戻ってこなかったそうです。次の日も。そのまた次の日も。

「警察には？」

――もちろん、連絡したそうです。でも、「どうせ家出だろう」と親身になってくれなかったそうです。「そういうことはよくあることだ」とも言われたそうで。

「それは、ひどい」

――警察はあてにならないと踏んだご夫婦は、自分たちの力で捜し出そうと決意しました。それからは、捜索チラシを作ったり、ホームページを立ち上げたり、……テレビにもご出演されたみたいです。

「テレビで行方不明者を捜す……的なやつですか？」

――そう、テレビ公開捜査。『テレビの奇跡～あの人はそこにいる！』という番組です。

「私の記憶では、あの番組はかなりの視聴率を誇っていたはずです。なので、効果も絶大」

——はい、おっしゃる通り、番組がきっかけで、見つかった行方不明者や逃走犯は数知れず。

「ならば、ミチコちゃんも見つかったんですか？」

——ところが、ミチコちゃんの場合は……。

＋　＋　＋　＋

テレビに出たからといって、ミチコが見つかることはありませんでした。

番組に寄せられた情報は、三百件ほど。そのほとんどはいたずらか見当違いなものでしたが、でも、有効な手がかりもありました。

ミチコがいなくなった日の翌日、ミチコによく似た子を連れた男性を見かけたという情報が数件寄せられたのです。

それらの情報を総合すると、男性は二十代から三十代、ねずみ色の作業服に黒ぶちのメガネをかけた中肉中背の、作業員風。

その男性像を思い浮かべて、私は「あっ」と思い当たりました。

「その男、もしかして——」

主人も思い当たる節があったようです。

「その男、もしかして、消防設備点検の男じゃないか？」

遡《さかのぼ》ること、八ヶ月前。そう、ミチコがいなくなった日の二ヶ月ほど前のことです。

その日、消防設備の点検がありまして。

ほら、マンションなどの集合住宅ではおなじみの、あの点検ですよ。長い棒を持った作業員が各部屋を訪れて、火災報知器がちゃんと作動するかをチェックする、アレです。

他のマンションではどうか知りませんが、うちのマンションでは半年に一度、その点検が行われます。そのたびに都合をつけなくてはならないので面倒臭いんですが、ちゃんと点検してもらわないと管理人からやいのやいの言われるんで、仕方なく、点検してもらっています。……だって、点検する日に居留守なんか使うと、管理人が合《あい》鍵《かぎ》を使って部屋に勝手に上がるらしいんですよ。お隣さんがまさにそれをやられたって。

新しいマンションではさすがにそんなことはしないと思うんですが、うちは、築五十年の古いマンション。そのせいか、住み込みの管理人が昔気質《かたぎ》な人で。管理人が各部屋の合鍵を管理していて、ちょっとでも住人に不審なことがあると、勝手に上がりこんじゃうんです。理事会でも問題になっているんですが、管理人は「決まりですから」の一点張り。「緊急時、部屋に入るために合鍵を預ける」のは住人の義務だって。まあ、確かに、そのおかげで、孤独死一歩手前だった独り住まいのご老人が助け出されましたし、鍋《なべ》を火にかけたまま出かけてしまった部屋からボヤがでたときも、合鍵があったから大事にいたることはありませんでした。

　それでも、消防点検ごときで勝手に部屋に入られるのは嫌なんで、渋々、協力していました、うちは。

　で、八ヶ月前、うちに点検しにきた作業員っていうのが、まさに、「二十代から三十代、ねずみ色の作業服に黒ぶちのメガネをかけた中肉中背」。

なんで記憶していたかというと、なんだか、気持ち悪い人だな……と思ったからです。

　だって、ミチコに妙に馴《な》れ馴れしいんです。

「可愛いでちゅね～」

なんて、赤ちゃん言葉でミチコに声をかけたりして。

もちろん、ミチコは相手にしませんでしたが。ぷいと無視すると、自分の部屋に戻って行きました。

なのに、男はずっと、ミチコのことを気にしていて、点検中もちらちらと、ミチコの部屋のほうを窺《うかが》っているんです。

……もう、本当に、薄気味悪かった！

その後も、その男をマンション周辺で何度か見かけました。

いかにも仕事だという素振りでしたが、……今思うと、あれは、ミチコを狙っていたのかもしれません。

そういえば、いつだったか、管理人がこんなことを言ってましたっけ。

「お宅の窓、ロックが解除されてましたよ。不用心ですから、気をつけてください」

って。

管理人の言う通り、窓は閉めても、ロックをしないことがありました。うちは七階なので、まさかこんなところから侵入する人はいないだろう……って油断していたんです。

思えば。外出先から家に戻ると、「あれ？」と思うことがちょくちょくありました。例えば、玄関先に置いてあったゴミ袋がなくなっていたり、つけていたはずの換気扇のスイッチがオフになっていたり、……あと、におい。なんだか、いつもとは違うにおいがすることもありました。

……今思えば、それらはあの作業員の仕業だったのかもしれません。

ああ、そうですよ。あの作業員、私たちの留守を狙って、家に侵入していたんですよ。

目的は、ミチコに違いありません。

あの男は、ミチコを狙っていたんです。

ミチコのストーカーだったんです。

だから、ちょくちょく部屋に侵入して、ミチコを……。そして、あの夜……。

ああ、神様！　ミチコは、ミチコは、あの男に連れて行かれたんです！

＋　＋　＋　＋

「……なるほど。ということは、コバヤシさんご夫婦が寝ている間に作業員が部屋に忍び込み、ミチコちゃんを連れ去ったと？」

――今のところ、その線が一番濃厚だと思うんです。

「その作業員は、どこから侵入したんでしょうね？　事件があったとき、窓は開いていたんですか？」

――いえ。窓はちゃんと施錠されていたとのことです。管理人からの警告もあり、しっかり窓のロックはしていたと。

「じゃ、玄関は？」

――玄関のドアもちゃんと施錠されていたとのことです。ドアチェーンも。

「ドアチェーン？」

――はい。……あれ？　これは、まさに密室じゃありませんか。やっぱり、神隠し？

「密室？　そうとは限りません。ドアチェーンならば、外からも簡単にはずすことができます」

――ああ、確かに。そんなことを聞いたことがあります。特に、昔ながらのチェーンだったら、いとも簡単に外からもはずすことができると。

「そうです。コバヤシさんのお宅は古いマンション……ということでしたから、たぶん、チェーンも古いタイプのものでしょう。もっとも、比較的安全だと言われているU字のドアガードも、紐さえあれば簡単に開けることはできますけどね」

――そうなんですか？

「警察官なのに、そんなこともご存じないんですか？　チェーンもドアガードも、そもそもは防犯用ではないのです。訪問販売、つまりセールスマン対策に作られたものですから、過信してはいけないんです」

――なるほど。チェーンもドアガードも、防犯という点では脆弱《ぜいじゃく》だということですね。……でも、施錠をしていたら、……鍵をきっちりかけていたら、問題はないんですよね？

「もちろん、そうです」

――じゃ、やっぱり、密室状態。いったい、犯人はどうやって、部屋へ？

「コバヤシさんのお宅は、築五十年の古いマンションでしたよね？　だったら、昔ながらのシリンダー錠の可能性が高い。だとしたら、ヘアピン二本あれば、素人でもピッキングはできます」

――じゃ、犯人は、玄関ドアをピッキングして、さらにドアチェーンも外からはずして、部屋に侵入したと？

「その可能性もあります。……もちろん、マンション自体もオートロックではないのでしょう。侵入は案外、簡単なはずです」

――じゃ、決まりですね。やっぱり、消防点検の作業員が犯人だ。間違いない。

「確認なのですが。事件があった日、玄関ドアはちゃんと施錠されていたんですよね？」

――ですから、ちゃんと施錠されていたそうです。ドアチェーンもかかっていました。コバヤシさん、いの一番に玄関ドアを確認したといいますから、それは間違いありません。

「なるほど」

――それにしても、いったい犯人の目的はなんなんでしょう？　金銭を要求するわけでもなく。

「飼育」

――飼育？

「ええ、そうです。子供を誘拐して監禁する。この手の犯罪は、古今東西、絶えることなく発生しています。例えば。

……全米を震撼《しんかん》させたクリーブランド監禁事件はご存じですか？　スクールバスの運転手が少女三人を誘拐、そして監禁し、鎖でつないで〝飼育〟していたという事件です。その期間、十年。その十年の間に少女たちを次々と暴行、少女たちは妊娠と流産を繰り返していた……という地獄のような事件です。

そうそう、オーストリアのウィーンで起きた〝飼育〟事件も大きなニュースになりました。十歳の少女が登校中に通信技術者の男に誘拐され、八年間、地下室に監禁されるという残忍な事件です。

外国に例を求めずとも、日本でもその手の監禁事件は度々発生していて、前述の湾岸エリアのマンションで起きた神隠し事件の犯人も、女性を拉致《らち》した理由は『女性を飼育して、性奴隷にしたかったから』と答えています」

――ああ、もう、いいです。分かりました。……つまり、時代や国を問わず、女性を誘拐して飼育したいと願う異常性格者がうじゃうじゃしているってことですね。

「そうです。……ああ、そうそう、〝源氏物語〟にも、その手の話が出てきますね」

――え？　〝源氏物語〟って、あの古典の？　紫式部《むらさきしきぶ》？

「そうです。主人公の光源氏《ひかるげんじ》は、療養中に訪れた山で偶然見かけた十歳ほどの少女……若紫《わかむらさき》に一目《ひとめ》惚《ぼ》れ、一方的な判断で若紫を家に連れ去ります。そして、そのまま自分の家に住まわせ、自分にとって都合のいい理想的な女に育て上げる」

――まさに、〝飼育〟ですね。

「でしょう？　どうやら、男性には、そういう願望があるのかもしれませんね。女性を〝飼育〟したいという願望が。……あなたはどうですか？」

――僕にはありませんね。僕、子供は嫌いですから。姪《めい》っ子や甥《おい》っ子と同じ部屋にいるだけで、げんなりする。やつらはまるで騒音発生器。手がつけられない。血を分けた姪っ子や甥っ子でも手を焼くのに、誰が好き好んで、赤の他人の子供を育てようなんて思いますか。……そんなことより、ミチコちゃんの件です。ミチコちゃんが、その作業員に連れ去られたとして。今頃、ミチコちゃんは狭い檻《おり》の中、きっとひどい目にあっているに違いない。

「そうですね、今頃、ミチコちゃんは――」

＋　＋　＋　＋

「ミチコ、帰ったよ」

影が、近づく。いつもの、あのにおい。

あたしは、頭をゆっくりともたげた。

「ミチコ、また、ご飯を残して！」

だって。これ、嫌いなんだもん。

なんだかねちゃねちゃしていて、生臭くて、……とても食べる気になんかならない。

鼻を近づけるだけで、ムカムカする。

「それでも、食べるんだよ。せっかく、ミチコのために買ってきたんだからさ。いったい、いくらすると思ってんだよ？」

そんなこといったって。……嫌いなものは嫌いなんだもん。

「食べないと、死ぬよ？」

死ぬ？　もう、死んでもかまわない。

だって、生きていて、なんの意味があるっていうの？

大好きだったパパとママに捨てられて、こんな狭くて臭いところに閉じ込められて、しかも、一日中陽も当たらない。

こんなの、生きているっていうの？　生きているって――

「ミチコ、どうした？　ミチコ？」

お腹が痛いの。ここんところ、ずっとしくしく痛いの。

きっと、腎臓だ。パパが言っていたもの。「ミチコは、腎臓が悪いんだから、無理しちゃいけないよ」って。

ああ、パパ、ママ。……帰りたい。

「まだ、そんなことを言っているのか？　何度も言わせるな。あいつらにミチコを育てる資格なんかないんだ。……ミチコを一番思っているのは、この俺だ」

影の手が、近づいてくる。

いつものように、あたしの体を撫で回すのね。

でも、今日は、嫌。

だって、お腹が痛いの、本当に痛いの。

だから、触らないで！

「いたっ！　なにをするんだ、ミチコ。どうして、嚙み付くんだ？　こら、離せ、離さないと、お仕置きだからな！」

＋　＋　＋　＋

——ああ、ミチコちゃんのことを思うと、心が抉《えぐ》られる。今すぐにでも、その作業員に逮捕状を……。

「ちょっと、待ってください。何事も急いではいけません」

――しかし、先生。こうしているうちにも、ミチコちゃんは……。

「確かに、ミチコちゃんは部屋に侵入してきた人物に連れ去られ、そしてどこかに監禁されている可能性が高いでしょう」

――だから、作業員を……。

「いえ。作業員の可能性は低い。だってそうでしょう？　作業員が玄関ドアの錠をピッキングして部屋に侵入したとして。……部屋を出るとき、きっちりと施錠してドアチェーンまでかけますか？」

――いや、でも。ピッキングしやすいシリンダー錠でしたら、解錠も施錠も簡単なはずです。ドアチェーンだって。

「確かにそうです。ですが、部屋を出るときは、ミチコちゃんを連れていたんですよ？　犯人は、一刻も早く、立ち去りたいと思うわけです。それが、犯罪者心理。なのに、犯人は、律儀に、施錠をし、その上ドアチェーンまでかけていった」

――まあ、おっしゃる通りですね。ピッキングで解錠するのは簡単ですが、施錠はちょっと複雑な点があると聞いたことがあります。ちょっとでも間違えれば、本来の鍵で解錠できなくなる恐れがあると。コバヤシさん、事件後、鍵が使えなくなった……というようなことは言ってなかったし。

「ドアチェーンだって、そうです。ある方法で外からかけることも可能ですが、簡単ではありません。ミチコちゃんを連れている状況で、玄関ドアの前でそんな小細工をしていたら、他の住人に見つかる恐れだってある。そんなリスクはとらずにとっとと逃げたい。それが犯罪者心理ってやつです」

――確かに、そうですね。

「というわけで、私は、作業員犯人説の可能性は低いと考えます」

――じゃ、犯人は、他にいると？

「はい、そうです。マンションの敷地内に堂々と入れて、ピッキングなどしなくても易々と解錠施錠することができ、ドアチェーンをはずしたりかけたりする細工をしていても他の住人から怪しまれない人物、それは――」

+　+　+　+

「いたっ！　なにをするんだ、ミチコ。どうして、噛み付くんだ？　こら、離せ、離さないと、お仕置きだからな！」

影の体がよろめいて、窓のカーテンを大きくゆらした。その拍子に、一筋の光が部屋に注がれる。

そして、暴かれる、影の正体。

……管理人さん！　マンションの、管理人のおじさん！

ああ、どうして、あたし、今まで気がつかなかったのかしら。そうよ、このにおい、これは、オーデコロンのにおい。いつだったか、管理人さんとすれ違ったときに嗅《か》いだにおい。

「ミチコ、いい子だから、さあ、おいで」

訳が分からない。どうして、管理人さんが？

「あの夫婦の泣き顔が見たかったんだよ。なにしろあいつらは、悪魔だ、鬼だ」

なんで？　パパとママのどこがいけないの？

「なにもかもだよ！　まず、ゴミの分別がまったくなっていない。何度言っても、分かってくれない。換気扇のことだってそうだ。そのくせ、管理組合の理事会では、なんだかんだと俺を吊《つ》るし上げる。だから、お仕置きしてやったんだよ！」

＋　＋　＋　＋

――先生。御陰さまで、ミチコちゃんを無事、保護することができました。ミチコちゃんは、先生のご指摘通り、管理人室に監禁されていました。可哀想に、鉄製の首輪をはめられ、鎖で繋《つな》がれ、小さな檻の中に押し込められていたそうです。衰弱していましたが、命に別状はありませんでした。それにしても、まさに、灯台下暗し。まさか、管理人が犯人だったなんて……。先生は、よく、真実にたどり着きましたね。

「ええ、割と、簡単でした」

――どのあたりで、気がつかれたんですか？

『お宅の窓、ロックが解除されてましたよ。不用心ですから、気をつけてください』

と、管理人から注意を受けたというところです。

なぜ、その人物は、窓のロックがはずれていたことに気がついたのか？　コバヤシさんは、窓を閉めていても、ロックをしていないことがあった……とおっしゃっています。しかし、七階ですよ？　つまり、ロックがはずれていることは、外からは確認できないってことです。それで、ピンときたんです。この管理人が怪しい……と。たぶん、日常的に合鍵で、侵入していたんじゃないかって」

――その通りです。管理人は、日頃からコバヤシさん宅に上がり込んでは、いろいろと悪さをしていたそうです。というのも、コバヤシさんのご主人、管理組合の理事長をしていまして。管理人といろいろぶつかっていたんだそうです。

「それで、管理人の怨《うら》みを買っていた？」

――はい。それだけじゃなく、換気扇の件でトラブっていたと。なんでも、換気扇の音が煩くて、近隣からクレームが来ていたというのです。コバヤシさん、一日中、換気扇を回していたとか。せめて、夜は消してくれ……と注意しても、「うちには、体の弱い娘がいる。だから、二十四時間、換気する必要がある。そもそも、二十四時間換気ができないこのマンションそのものがいけないんだ」って、コバヤシさんは頑として譲らなかったそうです。……管理人いわく、部屋に入るきっかけは、換気扇を消すためだったそうです。他の住人のクレームと板挟みになって、仕方なく……とのことでした。

「ゴミ袋がなくなっていたのは？」

――その日はゴミの収集日だったそうで、善意で、ゴミ袋を集積場に持って行ったんだそうです。

「なるほど」

――で、部屋に侵入しているうちに、管理人の心の中で悪魔が囁《ささや》いたそうです。「ミチコを誘拐してやれ。そうすれば、あの憎たらしい夫婦も少しはおとなしくなるだろう」って。……ところが、ミチコちゃんと暮らしているうちに情がうつり、このまま自分が〝飼育〟してやろう……と思ったんだそうです。まったく、身勝手な話です。

「それが、事件の全貌《ぜんぼう》ですか？」

――はい。

「……っていうか。腑《ふ》に落ちない点がまだあります」

――なんですか？

「これほど大きな事件なのに、なんで、ニュースにならないんですか？」

――え？

「塀の中でも、新聞や週刊誌は読むことができます。ですが、今回の事件は、まったくニュースになっていない」

――いえ、地元の町内会新聞では記事になりましたよ。今日、それをお持ちしました。……これです。

行方不明の猫ちゃん（ロシアンブルー）見つかる、なんと犯人はマンションの管理人！

「え？　猫？」

――ええ、そうですよ。ミチコちゃんは、猫です。ロシアンブルー。

「いや、でも、娘だって」

――だから、コバヤシさんにとっては、娘同然なのです。

「中学一年生だって」

――そんなこと、言ってません。「人間だったら、中学一年生……」とは言いましたが。

「じゃ、逮捕状って」

——だから、窃盗罪の逮捕状ですよ。……ああ、そうそう。容疑者だった消防点検の作業員。先生の推理通り、まったくの白でした。なんでも、ミチコちゃんと同じロシアンブルーを自分でも飼っていて、ときどき散歩もさせていたんだそうです。それを目撃されていただけでした。ああ、逮捕状、とらなくてよかった……！

「…………」

——え？　まさかとは思いますが。もしかして、先生。ミチコちゃんのこと、〝人間〟だと思ってたんですか？

「…………」

——まさか、そんなことはありませんよね。だって、先生、〝飼育〟だとちゃんとおっしゃってましたから。

「いや、その〝飼育〟は本来の〝飼育〟ではなくて……」

——それにしても、さすがは和製レクター博士です。お見事でした。脱帽です。コバヤシさんご夫妻もとても喜んでいまして、くれぐれもよろしくとおっしゃってました。

ああ、もう時間ですね。

では、今日は、これで失礼します。

case5　ファン

「で、今日はどんなご用件で？」

――ええ、それが……。……でして、……だから……。

「え？　なんです？　ほとんど聞き取れないんですが」

――あ、すみません。ちょっと……あまり大きな声では言えないんですよ、誰かに聞かれると……あちらの刑務官とか。

「ああ。その点なら大丈夫です。ここの刑務官は、ぼんやりしていますから。今だって、寝ていますからね。ああ見えて」

――本当ですか？

「ええ。万が一起きていたとしても、あの人は今、アイドルのことで頭がいっぱいです」

――アイドル？

「なんでも、最近、追っかけしているアイドルがいるらしくて。それで、先日もずる休みしましてね、それがバレてこっぴどく叱られたみたいですよ。それでも懲りずに、今日もなんだかんだと理由をつけて早退しようとしているんですから。やれやれです」

——でも、あの人、……どう見ても、いい歳ですよね？

「老いらくの恋……というやつでしょう。歳がいってから何かに火がつくと、もう、手がつけられません」

＋　＋　＋　＋

老いらくの恋……ですか。

そうですね、そうかもしれません。

恋というのは打算が含まれた感情で、常に見返りを期待するものです。だから、見返りが望めないとなると、途端に憎悪に変わる。

ですが、愛は違います。打算もなければ見返りも求めない。ただひたすらその相手の幸せを望み、どんなに邪険にされても無視されても恨むことなくひたすらその相手のことだけを思い、ときにはその身を捧《ささ》げ、場合によっては、死ねる。

……それが、愛というものです。

＋

いいえ、あんなの、愛なんかじゃありません。

ただの、妄執です。

え？　随分と難しい言葉を使う……ですって？

バカにしないでください。こう見えて、私、趣味は読書なんです。それに、学校の成績だってよかったんですよ。中学校までは、学年のトップ30内をキープしていました。

……まあ、確かに、仕事モードのときは、バカっぽいキャラですけどね。

だって、そうしろって、事務所が。

うちのグループ、八人なんですが、それぞれにカラーとキャラクターを割り当てられているんですよ。よくある話でしょ？　まったく、何番煎《せん》じだ……って話ですよ。そのキャラというのが、これまたステレオタイプで。

優等生、姉御、メガネっ子、ツンデレ、ちょい不良、ぶりっこ、甘えっ子妹、……そしておバカ。

そのおバカに割り当てられたのが、私なんです。

まったく！　ミルクという名前がいけないんですよ！　この名前のせいで、昔から、なんかバカっぽくみられちゃうんです。こんな名前をつけた親を、ほんと、恨みます！　名字が牛川《うしかわ》だから、ミルクにしたっていうんですから、ほんと、バカ親もいいところですよ！　名付けは大喜利じゃないんだから、ちゃんとした名前をつけて欲しかった。

まあ、そんな話はいいとして。

いずれにしても、私が所属しているのはそこらじゅうに転がっている、よくあるアイドルグループです。これは！ というような特徴もなければ売りもない。だから、いまいちメジャーになれない。ご当地アイドルどまりです。

それでも、地元では、なかなかの人気なんですよ。

え？ 地元はどこかって？

もう、何回言わせるんですか。

だから、八王子です。八王子。……そうですよ、八王子だから、八人グループなんです。

八人の王女……という意味で、ＨＰＧ８っていうんです。そう、八王子のＨにプリンセスのＰに……Ｇはグループだろうって？ ところが違うんですよ！ Ｇは、社長のイニシャルから。

……まあ、そんなことより、ストーカーの件ですよ、ストーカー。

もう、ほんと、心底怖いんですって。最近もあったじゃないですか。地下アイドルがファンに襲われて体中を斬りつけられる事件が。私の場合もまさにそれ。ファンがアンチになって、ストーカーに発展しちゃったケース。

え？ 順序立ててはじめから説明しろって？

はいはい、分かりました。

私の名前は牛川ミルク。これは芸名ではなくて本名です。山梨県の富士吉田《ふじよしだ》で生まれ育ちました。小さいときからアイドルになるのが夢で、高校を卒業後、家を出て上京したんです。八王子に。え？　八王子なのに上京は変だろうって？　バカにしないでください。八王子はれっきとした東京です。それに、私たち富士吉田市民にとっては、八王子は東京のシンボルなんです。憧《あこが》れなんです。だから、私、決めていました。アイドルへの第一歩は、八王子にしようって。八王子に出てきた理由はもうひとつあります。高校在学中にいろんな事務所のオーディションを受けていたんですが、ＨＰＧ８の事務所だけだったんです、合格したのが。それで、仕方なく八王子に……。

ええ、本音をいえば、仕方なくなんです。いくら富士吉田市民の憧れの街とはいえ、やっぱり、八王子だと。……ほぼ山梨県ですからね、あそこは。

まあ、それでも東京都であることには間違いない。そう自分に言い聞かせて、とりあえずは八王子で頑張ることにしたんです。で、事務所の社長に紹介されたアパートを借りて。西八王子駅から徒歩八分ほどのアパートです。お家賃三万五千円のワンルーム。八王子とはいえ格安物件で、しかも敷金礼金もゼロ、ラッキーでした。ただ、大家さんが一階に住んでいて、お家賃を滞納できないプレッシャーはありましたけど。

　それが、一年前。はじめはＨＰＧ８の見習いって感じでスタートしましたが、メンバーの一人が突然脱退したことで二週間もしないうちに正式加入、そして三ヶ月目でセンター。自分で言うのもなんですが、異例のスピード出世です。あっという間に、八王子の頂点に立つことができました。

　え？　ご当地アイドルグループのセンターになったぐらいで、八王子の頂点は言い過ぎだろうって？

　バカにしないでください。

　うちらのグループ、全国的にはマイナーですけど、八王子では超メジャーなんです。ファンだって結構います。ファンクラブには五百人ほどが加入していますし、定期ライブにも、毎回、八十人近くが集まってくれます。

　……まあ、どれも同じ顔ぶれなんですけどね。

　ここだけの話、モテそうにもない非リア充なおっさんだらけ。キャバクラや風俗にも行く勇気がないような、冴《さ》えない内気なおっさんばかりなんです。

　……なんていうか、うちらを応援しているというよりは、うちらを応援している自分に酔っている……というような？

でも、まあ、そういう人は、湯水のようにお金を落としてくれますからね。

「ファンは、大切にしな。金づるなんだからね」

これは、社長の口癖です。

それにしても、金づるだなんて。もちろんそうなんですけど、それをはっきり言っちゃうんですよ、うちの社長。まったく、口が悪いというか、考えが浅いというか。

社長、元々は地元でヤンキーをしていたらしいんです。で、ヤンキーを卒業したあとに地元のキャバクラでキャバ嬢をしてお金を貯めて、そして芸能事務所を立ち上げて——

ええ、そうなんです。うちらの社長、女なんです。今年で、三十三歳だったかな。口は悪いですけど、面倒見はいいですよ。うちらのことを、本当の家族のように思ってくれています。さすがは、元ヤンキーですね、情は厚いんです。

でも、金儲《かねもう》けに関してはシビアなところもあって。

「いい？　今は昔と違って、万人にウケるようなアイドルは難しい。つまり、薄利多売はできないってことなの。今は多様化の時代だからね。利益を出すには、ターゲットを絞り込む必要がある」

ビジネス書を片手に、そんなことを言うんです。

「私がキャバクラで働いていた頃、やけに羽振りのいい客がいてね。一日に百万円を使うなんていうのはザラ。で、いろいろ訊《き》いてみたら、なんとその人、西八王子駅前のカラオケバーを根城にして信者を集めていたのよ。信者は百人程度しかいないんだけど、でも、その人は贅沢三昧《ぜいたくざんまい》。なぜだか分かる？　年間、信者一人あたり百万円を貢がせていたからよ。つまり、一年で一億円の稼ぎになる。うちらが目指すのは、それよ。分かる？」

つまり、少ないファンを信者にして、金を搾りとれ……ってことなんです。

「でも、それって案外、難しいんだからね。ファンというのは移り気だからさ。昨日まで熱狂していたような人も、次の日には醒《さ》めてしまう……なんていうのはザラ。だから、私たちが注意しなくてはいけないのは、とにかく、ファンを逃さないこと。そのためには、一にも二にも、ファンサービスよ。真心を込めて、ファンに応《こた》えるのよ！　そして、ファンを信者にするの。分かる？　従順な信者に！　そして、一度集めた信者は決して、逃さない。……いい？」

ということで、うちらのグループは、ファンを大切にしてきました。握手会、撮影会はもちろんのこと、時には、キャバ嬢まがいのことまでして、ファンをがっちりつかんできました。ツーショット会……なんていうのもやったりして。ツーショット会というのは、文字通り、個室でファンとツーショットになるんです。そして、二分間、マンツーマンでお話をするんです。

でも、ここだけの話、私は苦手で。

だって、個室というのが、おトイレぐらいの広さしかないんです。そんなところに二人ですよ？　それこそ、息のかかる距離。これが、素敵なイケメンとかだったら大喜びなんですけどね。相手は、冴えないおっさんですからね……。しかも、臭いし、脂ぎっているし、キモいったらありゃしない。……地獄の二分間ですよ。

でも、ファンのみんなは至福の時間……って感じでしたけどね。まあ、そうやって喜んで金を落としてくれるんだから、我慢するしかありませんよ。ちなみに、ツーショット会の参加費は一万円。そのうちの二割がうちらにバックされるので、うちらとしては大切な収入源。だから、どんなにキモくても、ひたすら笑顔。相手のことを福《ふく》沢諭吉《ざわゆきち》だと思って、みんな頑張っているんです。

でも、ファンの中には勘違いする人もいて。ツーショット会を重ねるうちに、メンバーのことを自分の恋人だと錯覚してしまう人がいるんです。体に触ってきたり、プロポーズしてきたり。

境界線が分からなくなっちゃうみたいなんです。

＋

僕は、その点はちゃんと心得ていました。相手はアイドル、そして自分はファン。

手に届く距離にいたとしても触れてはいけないことは、十二分に理解していました。

でも、中には、それを理解していない人もいるのは確かです。

特に、ササキという男などは、ミルクちゃんの自宅を突き止めて、しかも、それをＳＮＳで呟《つぶや》いたりして、ミルクちゃんを怖がらせていました。

一度なんて、『俺と牛川ミルクは婚約した』なんていうウソの内容を書き込んで、大炎上したこともあるんです。

＋

婚約？　そんなの、するはずないじゃないですか。

確かに、ツーショット会のときに、ササキさんから指輪はもらいました。私が欲しかったティファニーの指輪だったので、遠慮なくいただきましたよ。

……それがいけなかったみたいです。ササキさん、婚約指輪のつもりだったみたい。

それで、私と婚約した……なんて、ネットに書き込んで。

なのに、逆に私のほうが社長に叱られちゃいました。

「バカね、そんなの受け取っちゃダメよ！　男にとって指輪は、『俺のものになれ』っていう印なんだから。私も、それで一度失敗したことがあるのよ、キャバ嬢時代に。ほんと、マジで指輪だけはダメだから」

そんなこと言われても。……だって、ササキさんからは今までも色々とプレゼントをもらっていたけど、結婚を匂わすことなんて一度もなかった。

そうなんです。ササキさんは、しょっちゅう、私のブログにコメントを残していて。そのたびに、

「ミルクちゃん、欲しいものある？」

って。だから、私、正直に答えていたんですね。プラダのバッグとかミュウミュウの財布とか。すると、次のツーショット会で、ササキさんは必ずそれをプレゼントしてくれるんです。

ササキさん、あんまり好きなタイプではないけど、……というか、どちらかというと苦手なタイプだけど、でも、そうやって毎回のように貢ぎ物をくれたんで、私にとってはありがたいファンでした。だから、それを言ったことがあります。

「ササキさんは、特別だよ。私にとって、特別なファンだよ」

＋

そんなの、リップサービスに決まっているじゃないですか。

なのに、ササキという男は鈍感というか空気が読めないというか、妄想が激しいというか。

「俺は、ミルクの特別なんだ」

って、吹聴《ふいちょう》しだして。

ＳＮＳではもちろん、イベントでもＶＩＰ気取り。ファンを仕切りだしたんです。

「俺は、ミルクのファン代表だから。ミルクになにか贈り物があるときは、俺を通して」

なんて感じで。

ファンの間でも、彼の言動は問題になっていました。

「あいつ、いつか、問題を起こすんじゃないか」って。

予想は的中しました。

ミルクちゃんのバースデーイベントのときです。

ササキは、巨大なバラの花スタンドを会場に送りつけてきたんです。

会場は小さなところなので、花スタンドは禁止されていたんですが、そんなの無視して。で、会場を管理している人が、その花スタンドを送り返したんですね。そしたら、ササキのやつ、事務所に乗り込んできて。でも、あっけなくつまみ出されました。

それからです。

ササキのやつ、ＳＮＳで暴言を吐くようになりまして。ミルクちゃんに対する誹謗《ひぼう》中傷です。花スタンドを送り返されて、逆切れしたんでしょうね。自分がルール違反をしたのが理由なのに、そんなことは棚に上げて、ミルクちゃんを攻撃しはじめた。

でも、はじめは自身のブログ内の暴言だったので、ミルクちゃんもそして我々ファンも、静観していたんです。ああいうタイプの男は下手に刺激してはいけない、刺激したらとんでもないことをしでかす……と、みんな分かっていたからです。

ですが、彼の暴言はいよいよ、ミルクちゃんのブログにも及んで——

＋

それを、今日、ここにお持ちしました。私のブログに書き込まれた暴言の数々です。

「ミルクのツーショット会に行くな。騙《だま》されるぞ」「ミルクは金の亡者だ。金のためならなんだってする」「この売女《ばいた》が！　俺がいったい、いくら貢いだか知っているか！」「ミルクは淫乱《いんらん》だ。誰にでも足を開く」「ＡＶデビューはいつですか？　とっととＡＶに出て糞《くそ》まみれになりやがれ」「こいつは詐欺師です。みんな騙されるな！　骨の髄までしゃぶられるぞ」「お前のことは一生許さない、後ろには気をつけろ」「この勘違い女が。お前みたいなブスがアイドルなんておかしいだろう。とっとと引退しやがれ」「ブスブスブスブスブスブスブス」「生まれてきたことを後悔しろ。お前なんてこの世からいなくなったほうが世のため人のため」

これは、ほんの一部です。本当はもっともっと沢山ありますが、それをすべて抜き出すとマジで頭がおかしくなりそうなので、抜粋してプリントアウトしてきました。……もう本当に、凹《へこ》みます。毎日、こんな感じで、私のブログに書き込んでくるんですから。

もちろん、ササキさんのことはブロックしています。でも、ササキさんはそのたんびにアカウントを変えて、攻撃してくるんです。まさに、いたちごっこ。

それだけじゃなくて、匿名掲示板にも私の悪口を書きまくっていて。そのおかげっていうとなんか嫌なんですけど、掲示板でちょっとした有名人になっちゃいましたよ、私。

でも、その頃はまだ実害はなかったんです。不幸中の幸いというか、ササキさんの暴言はネット上だけで、実際に姿を現すことがなくなったからです。イベントにもツーショット会にも現れることはなくなりました。……いわゆるネット弁慶なんですよね。ネットでは大層なことを言うけれど、リアルではおとなしい。ササキさんってまさにそれで、基本、ビビリなんだと思います。

だから社長なんかは、

「放っておきなさい。いつか、飽きるから。私もキャバ嬢していたとき、しつこい客にいろんな嫌がらせされたけど、無視し続けたらあっちが根負けした」

そんなこと言われても……。私、社長のように、鉄のメンタル持ってないし。

「アンチもまた、ファンのうち。暴言なんか吐かせておけばいいのよ。有名税だと思って。むしろ、炎上してくれて注目度が上がるじゃない。悪名は無名に勝る……ってね」

そう言って、社長は相手にもしてくれません。むしろ、なんだか喜んでいる。社長、お祭り騒ぎが好きなところがあるから。特に、こういうスキャンダルが大好物なんです。だから、社長は当てにはなりません。

他に相談相手もいないし……。

え？　グループのメンバーには相談しないのかって？

するわけないじゃないですか。

メンバーはみなライバルです。弱みを見せたら、そこにつけ込まれるだけです。

だって、私、新参者じゃないですか？　グループにはつい一年ほど前に加入。なのに、人気はトップ。ツーショット会のチケットの売り上げも、イベントごとに行われるセンター争奪選挙でも、毎回私がトップなんです。だから、なんだか、他のメンバーから目の敵にされているんですよね。

特に妹キャラのアズサはひどい。

「ミルクちゃん、変なアンチがついちゃってカワイソー」

とか言いながら、その目はキラキラしているんです。しかも、私に対する暴言をチェックして、それをいちいち私に報告するんですよ。

「ミルクちゃん、見て！　見て！　今日も変なこと書かれてるぅ」

　とか言いながらね。しかも、

「ミルクちゃんの悪口は言わないでください！」

なんて私の代わりに返信したり。そのせいで、ササキさんの暴言はますますヒートアップ。

「気持ちはありがたいけど、そういうことやめてくれる？」

って言ったら、アズサ、へそを曲げちゃって、

「ミルクちゃんのためを思ってやったのに！　ひどい！」

って、メンバー全員に泣きついたから、なんだかいつの間にか私が悪者に。

　もう、まさに、四面楚歌《しめんそか》。

　だから、私、無視を決め込んだんです。社長の言う通りかもしれない。下手に騒ぐと相手はますます調子に乗り、ついでに他のメンバーを喜ばせることにもなる。そんなの、なんだか癪《しゃく》に障る……と思って。

＋

ミルクちゃんが無視したのが功を奏したのか、ササキは次第におとなしくなっていきました。暴言がなくなっていったんです。

たぶん、他に好きな対象を見つけたんでしょう。

ササキの思いなんて、所詮《しょせん》、そんなものなんです。

ファンなんて言いながら、結局のところ、心底ミルクちゃんを思っていたわけではなかった。……偽物だったんですよ、あいつは。

＋

「ほらね、私の言った通りでしょう？　ファンの心なんてね、所詮、移ろいやすいものなのよ。恋みたいなものよ。または麻疹《はしか》。一気にのぼせ上がっても、熱が下がったら、はい、それでおしまい」

社長が、小鼻を膨らませながら、そんなことを言います。さらに、

「だから、恋ではダメなのよ。私たちアイドルは、愛されなくちゃダメ。無償の愛を抱かせてこそ、一流のアイドルよ」

社長の言う通りかもしれません。恋には、常に邪念がつきまとうものです。下手を

すると、逆恨みを買います。ササキさんのように。

でも、本音を言いますと、ちょっとガッカリ……という気持ちもあったんです。あんなに私一筋で、それをこじらせてアンチにはなりましたが、ササキさんの執念がどこか気持ちよかった……というのもありました。大の男をここまで狂わせてしまった自分に酔っていたというか。

だって、ササキさん、公務員なんですよ。大学もいいところを出ていて、エリートらしいんですよ。そんなエリートをあそこまで狂わせたんですから、女冥利《おんなみょうり》につきます。

「バカね、そんなことを言っていたら、また変なことされるわよ」

なんて社長に警告された頃です。……妙なことが起こるようになったのは。

あるとき、自宅アパートに戻ったら、郵便受けの中に大量の葛根湯《かっこんとう》が。

葛根湯、分かります？　漢方薬ですが、主に風邪の引きはじめに飲む薬です。

私は、咄嗟《とっさ》に、ササキさんを思い浮かべました。

ササキさんが、私の郵便受けに葛根湯を？

確かに、その朝、なんか喉《のど》がいがいがして、風邪かな？　とは思ったんですけど。

でも、なんで、そのことをササキさんが知っているんだろう？

しかもです。指輪も添えられていました。

例のティファニーの指輪です。

ちなみに、そのティファニーの指輪、ササキさんに返したんです。社長にこんなことを言われて。

「ササキさんがあんなふうになったのは、ミルクちゃんのほうにも非があるよ。指輪、受け取っちゃったでしょう？　そのせいで、ササキさんはとち狂っちゃったんだよ。だから、返しなさい。指輪だけでなく、今までもらったものを全部」

だから、その通りにしたんです。

本当は、ちょっともったいないな……とは思ったんですが、すべて送り返しました。ササキさんの職場宛に。これも、社長のアドバイスです。

「客……というかファンとなにか揉《も》めたら、相手の職場を巻き込むのが一番。私がキャバ嬢やっていたときもしつこい客がいてさ。職場宛に警告文を送ったら、ぴたりと止まった。先方もさ、自分の行為が恥ずかしいことだということはどこかで分かっていて、だからそれを職場には絶対知られたくないと思っている。その心理を突いたわけよ。これは、効くよ」

なるほどと思いました。だから、早速実行してみたんです。牛川ミルクの名前で、ササキさんの職場に、ササキさんからもらったプレゼントを詰め込んで宅配便で送り返しました。その中には、もちろん、あのティファニーの指輪も。

その指輪が、葛根湯と一緒に、郵便受けに入れられていたんです！

風邪なんて吹っ飛びました。

急いで葛根湯を郵便受けから引きずり出すと、そのままゴミ置き場に行って捨ててきました。だって、葛根湯と書いてあるけど、もしかしたら毒かもしれないじゃないですか。

指輪は……質屋に売りました。捨ててもよかったんですが、やっぱり、ちょっともったいないな……なんて思ってしまって。だからって、売り払うことはないだろうって？ ……はい、その点に関しては、反省しています。社長にも怒られました。……だって、仕方ないじゃないですか！ お家賃を払う期日が迫っていて。その月は、収入が五万円いくかいかないかで、ほんと、カツカツだったんです。だから、つい。

ご当地アイドルなんて、ほんと、儲からないんですよ。

しかも、ササキさんが暴言を吐きまくったせいで、なんだか私の人気まで落ちてしまって。ツーショット会にもあまりファンが来なくなってしまったんです。だから、収入ががた落ち。このままではお家賃が払えなくなってしまう。そうしたら部屋を追い出されて、ホームレスですよ？ そんなの、絶対いや。背に腹は替えられなかったんです。

ところがです。

それから数日経って。質屋に売ったはずの指輪が、郵便受けに入れられていたんです！　ササキさん、質屋から指輪を買い戻して、また私の郵便受けに入れたんです！

心底、ぞぉぉっとしました。

「ササキさんの執念がどこか気持ちよかった」なんて少しでも思っていた自分を恨めしく思うほど。女冥利につきる？　……なに言ってんの、私って感じです。

それでも、まだ私は呑気《のんき》に構えていました。

「ササキさん、しつこい！」って、恐怖より怒りが先に立ってしまって。

で、私、指輪をササキさんの職場宛に送り返したんです。わざと大きな箱を選んで、それにHPG8の特製ステッカーやポスターの切り抜きをベタベタと貼って。ついでに、私のセクシーなグラビアも。オタク丸出しな感じにして送ったんです。

ちなみに、ササキさんの職場は、拘置所です。お堅い職場です。そんなところに、アイドルオタク丸出しの荷物が届いたら、さすがのササキさんもビビると思いまして。

＋

ササキのやつ、ビビっていたようですね。ブログでそんなことをぼやいてましたっけ。

ところで、ササキのブログは、職場には内緒の裏アカウント。表ではお堅い仕事をしていながら、裏では危ないアイドルオタク。そのふたつの顔を自分では上手に使い分けているつもりだったようですが、周囲にはバレバレでした。頭隠して尻《しり》隠さず……とはよく言ったもので、ササキのやつ、自身の画像をブログにアップするときは顔にボカシを入れるのに、その背景には無頓着《むとんちゃく》。なので、彼がどういう職業で、その職場はどこか……というのは誰でも分かりました。

たぶん、職場でも気づいていたと思いますよ。ササキのアイドル狂いに。きっと、職場では、ササキの処遇に頭を抱えていたんじゃないかと。

だから、ミルクちゃんが送った宅配便は、ササキの問題行動が顕在化するいいチャンスだったというわけです。

ササキのアイドル狂いがいよいよ職場の上層部の耳にも届き、それまでの悪行も露呈したようで。……なんでも、ササキの野郎、アイドルイベントがあるたびに、ズル休みをしていたみたいなんです。

そして、ササキは、懲戒免職。

自業自得ですよ。

＋

そう、自業自得。

なのに、ササキさん、私を逆恨みしちゃって、ネットでの攻撃を再開したんです。

仕事を失ったササキさんは、怖いもの知らず。

「復讐《ふくしゅう》してやる」「思い知らせてやる」「目に物見せてやる」「首を洗って待っていろ」などと、連日、私のツイッターやブログに書き込んでくるようになりました。ブロックしてもブロックしても、焼け石に水。

そんなときです。

私の部屋に、盗聴器が仕掛けられていることが分かったんです。

ほら、テレビとかでよくやってるじゃないですか。盗聴器バスター。盗聴器の電波を拾ってまわって、盗聴器が仕掛けられている場所を特定する……というやつ。それがうちにやってきて、言うんです。

「お宅に盗聴器が仕掛けられている」って。

ピンときました。ササキさんが仕掛けたんだって。

私は、早速社長に電話して相談しました。

私が事情を話すと、さすがの社長もびっくり仰天。

「盗聴器？　ミルクちゃんの部屋に盗聴器が？」

「はい。盗聴器バスターの人にはとりあえず帰ってもらいましたが」

「じゃ、盗聴器はまだそのまま？」

「だって。いきなり部屋にやってきて、『盗聴器が仕掛けられています』なんて言われたって。どうしていいか分からないじゃないですか。もしかしたら、新手の詐欺かもしれないし」

「まあ、確かに、それもそうね。……でも、盗聴器バスターの人が言ったことが真実だとしたら、……今、この会話も聞かれているってことね」

「え？」

「だって、そうでしょう？　盗聴器なんだから」

あ。

私は、色々と思い当たりました。

郵便受けに葛根湯が入れられた日の朝。私、社長と電話していて、

「なんか、喉がいがいがするんですよ。風邪かな？」

なんてことを言ったんです。

そういえば、その前の日には、

「ササキさんからプレゼントされたもの、全部返しましたけど。……でも、ティファニーの指輪、あれはちょっともったいなかったな。だって、ずっと欲しかったやつなんだもん。あれだけはとっておけばよかった」

なんてことも言いました。

そうか、その会話を盗聴していたんだ、ササキさん。だから、葛根湯と指輪を私の郵便受けに。……ということは、この一年間、私ずっと盗聴されていたの？　私の生活が筒抜けだったの？

全身に鳥肌が立ちました。足もがくがく震えてきて、手などは汗でびっしょり。そんな私に向かって、社長が言いました。

「ミルクちゃん、警察に行きなさい！」

でも、私の足は震えて、立ち上がることもできません。どうやら、私、腰を抜かしてしまったようです。

「ミルクちゃん、どうしたの？」

「社長、私、立てません！　なんだかよく分からないけど、体中の力が抜けて……」

スマートフォン片手に泣きじゃくっていると、玄関ドアが開きました。

アパートの大家さんです。

「牛川さん、どうしました？」

私は、洗いざらい、大家さんにぶちまけました。そして私は、大家さんに付き添われて、ここ、八王子署にやってきたのです。

……というわけで、ミルクちゃんに付き添って、僕もここまで来たのです。

僕は、ミルクちゃんが住む部屋の大家である一方、ミルクちゃんのファンでもあります。彼女を初めて見たときは、なんだかバカそうな今時の子だな……と相手にもしませんでしたが、でも、彼女がアイドルとして頑張っている姿を目の当たりにしているうちに、ファンになってしまったんです。愛してしまったんです。

僕は決めたんです。僕のこれからの人生、ミルクちゃんに捧げようって。

……あ、でも、このことは彼女には黙っていてくださいね。大家が自分のファンだなんて知ったら、彼女、複雑でしょうから。

僕は、日陰の存在でいいんですよ。人知れずミルクちゃんを応援し、ときには命がけで守る。そんな存在で。ファンとはそういうものでしょう？

それにしても許せないのは、ササキです。

ファンの風上にも置けない。

ミルクちゃんをあんなに悩ませて。ミルクちゃんをあんなに怖がらせて。

どうか、一刻も早く、あのササキを逮捕してください。そして、ミルクちゃんを、恐怖から解放してやってください。

＋　＋　＋　＋

――ご無沙汰《ぶさた》しております。僕は警視庁生活安全総務課、ストーカー対策室、特別対策ゼロ係の……。

「二宮隆警部補。どうしたんですか、改まって」

――いえ、先日昇任しまして。今は、警部です。

「なんと！　前にお会いしたときは、警部補になったばかりだったというのに。素晴らしいスピード出世ですね」

――そうですか？　でもキャリアなら、いきなり警部補からスタートして、一年半で警部ですからね。黙っていてもあっというまに署長まで駆け上る。公務員試験予備校の同期がまさにそれです。僕と同年齢で、もう署長ですからね！　一方、僕なんて、所詮、準キャリア。ようやっと警部です。……まったくこの差ときたら。ああ、大学時代、国家公務員採用総合職試験に受かっていさえすれば。国家公務員一般職なんて……。

「あ、はい、その話は、以前、聞きましたのでもう結構です。……それで、今日はどんなご用件で？」

――ええ、それが……。……でして、……だから……。

「え？　なんです？　ほとんど聞き取れないんですが」

――あ、すみません。

「なんですか？　今日も、刑務官に聞かれたらヤバいお話ですか？」

――ええ、まあ。……実は、以前、ここで刑務官をしていた人が――

「佐々木《ささき》元刑務官のことですか？　彼、逮捕されたんですよね、一ヶ月前に」

――え？　ご存じだったんですか？

「ここにいると、そういう情報はどこよりも早く、耳に入るんです」

――じゃ、逮捕理由も？

「ストーカー規制法違反ですよね？　なんでも、八王子のご当地アイドルにつきまとっていたとか」

――そうなんですよ。まったく、いい歳して、なにやってんだ……って感じです。

「佐々木刑務官、確か、今年で五十九歳。定年退職間近だったのに、残念な話です。……でも、聞いた話では、彼、犯行の一部は認めているものの、全部は認めていないとか」

――はい、そうなんです。牛川ミルクというアイドルに対してネット上で暴言を吐いたことは認めています。が、牛川ミルクから送り返された指輪を葛根湯とともに彼女の郵便受けに入れたりしたことはないと。その証拠に、その指輪は、新しく好きになったアイドルにプレゼントしたんだとか。

「……なるほど。ということは、その指輪、別の人物が新たに購入して、牛川ミルクの郵便受けに入れた……ということかもしれませんね。葛根湯とともに」

――牛川ミルクの証言によると、その指輪は質屋に入れたんだそうです。家賃にあてるために。が、ある日、その指輪がまた郵便受けに入れられていたんだそうです。

「それら一連のことには、佐々木元刑務官は、まったく関与していないと？」

――はい、本人はそう言い張っています。さらに、牛川ミルクの証言では盗聴器を部屋に仕掛けられていたんだそうですが……。

「それも、佐々木元刑務官はやっていないと」

――はい。……どういうことでしょう？

「どうもこうも。答えはひとつですよ。ストーカーはもう一人いる……ということですよ。しかも、ただのストーカーではない、ファンという名の熱烈な信者が」

――なるほど。……ああ、そういえば、この話、後日談があるんです。

＋　＋　＋　＋

あれから一ヶ月。

牛川ミルクは、病院のベッドの中にいた。

ストーカー被害を訴えに、アパートの大家と八王子署に行った帰りのことだ。

八王子の駅前で車が突然暴走し、歩道を歩いていた人を次々と撥《は》ねてビルに突っ込む……という事件が起きた。そのときの死傷者は五人。四人が死亡し、一人が重傷。

その生き残った一人が、ミルクだった。

が、心臓の損傷が重篤で助からないだろうという声を、ミルクは朦朧《もうろう》とした意識の隅で聞いていた。

「そうか、私、死ぬんだ。……そういえば、大家さんはどうしただろう？　私の隣を歩いていた大家さんは。……大家さんも、死んじゃった？」

が、ミルクは奇跡的に命をつないだ。

心臓を差し出してくれたドナーのおかげで。

そんなある日、珍しい人物がお見舞いにやってきた。ＨＰＧ８の元メンバーで、上《うえ》野《の》麻友《まゆ》。麻友が突然脱退したことで、ミルクはＨＰＧ８に正式加入することになったのだが。

「ミルクちゃんに話したいことがあるの」

ミルクは怯《ひる》んだ。

なぜなら、メンバーの中には、ミルクのせいで麻友が追い出された……と言う人もいるからだ。

「まさか。それはない。脱退は私の希望。ミルクちゃんは関係ない」

「じゃ、なに？　話って」

「私が脱退した本当の理由」

「本当の理由？」

「聞いたよ。ミルクちゃん、ファンにストーキングされていたんだって？」

「……うん」

「でも、ストーカーは逮捕されたんだよね？」

「……うん」

「なのに、浮かない顔だね。もしかして、まだ、ストーキングされているかもしれない……とか思ってる？」

「え？」

「私のときとまったく同じ。私も、ミルクちゃんと同じような空気をずっと感じていた」

「空気？」

「そう。ずっと誰かから監視されているような空気。しかも、かなり狂気じみた視線で」

「……うん、私もそんな感じ。ササキさんは逮捕されたのに、なんだかイヤな気配が消えないんだ。しかも、前よりそれは強くなっている。なんだか、常につきまとわれているような。ヘビのように体中に気配が巻き付いているというか」

「そうか。……ね、ミルクちゃん。大家さんのことなんだけど」

「え？」

「だから、あのアパートの一階に住んでいた大家さん」

「大家さんのこと、知ってるの？」

「うん。だって、ミルクちゃんがあのアパートに越してくるちょっと前まで、私もあのアパートに住んでたからさ」

「え？　そうなの？」

「うん。で、大家さんに盗聴器を仕掛けられた」

「……」

「めちゃ、驚いた顔してるね。声も出ないって？　そうだよね、私もそれを知ったとき、たぶん、今のミルクちゃんみたいな顔をしてた」

「……」

「葛根湯」

「え？」

「あー、やっぱり、ミルクちゃんも葛根湯を郵便受けに入れられた？」

「……うん」

「それも、大家さん。私のときは、パンとかお菓子とか化粧品とか、ときには生理用品とかも入っていたよ。……気持ち悪くて、全部捨ててたんだけど、ある日、大家さんが私の郵便受けに何かを入れているところを目撃しちゃってさ。さらに、盗聴器が仕掛けられているのも分かって。……それからだよ、なんかメンタルをこじらせちゃってさ。仕事にもなんない。で、実家の群馬に帰ることにしたんだ。……つまり、私が事務所を辞めたのは、あの大家さんから逃げたかったから。あの人は、異常だよ。マジでヤバい人だった」

ミルクも、実はそれを感じていた。

八王子署で色々と証言しているうちに、盗聴器を仕掛けたのは、もしかして大家さんなんじゃないか？　と気がついてしまったのだ。なぜなら、盗聴器バスターが発見した盗聴器は昔ながらの電源タップ式で、盗聴するには、盗聴器からの電波が届く至近距離に常にいなくてはならない。仕事があるササキさんにそれができるはずもない。だとしたら、電波が届く距離に常にいることができる人。消去法で考えたら、大家さんしか思い当たらなかった。

だから、大家さん抜きで改めて警察に行き、それを訴えようとも考えていたのだ。

が、その前に、あの大事故に遭遇してしまった。

そして、大家さんは亡くなり、自分は生き残った。

「ね、知ってる？　聞いた話だけど――」

麻友が、やおら声を潜めた。

「大家さん、即死じゃなくて、脳死だったみたいよ。で、ドナーカード……臓器提供意思表示カードを持っていて、死後に臓器を提供することを意思表示していたみたい」

「え？」

「つまり、臓器を提供したみたいよ、誰かのために」

「誰かのために……？」

ミルクは、恐る恐る胸部に手を当てた。心臓移植した手術痕《しゅじゅつこん》の感触が、生々しく手に伝わってくる。

どっくんどっくんどっくん。

鼓動がしている。でも、実感がない。まるで他人事《ひとごと》。それも仕方がない。この心臓は、自分のものではないのだから。誰か知らない他人のものなのだから。ミルクは、さらに手を胸に押し当てた。

どっくんどっくんどっくん。

どっくんどっくんどっくん。

僕はここにいるよ。

どっくんどっくんどっくん。

ミルクちゃんと一緒にいるよ。


ミルクは、咄嗟に手を胸から剝《は》がした。

麻友が、同情めいた表情でこちらを見ている。

「もしかして、ミルクちゃんの胸の中で、大家さん、生きているのかもね」

＋　＋　＋　＋

「まあ、それはないでしょう。右から左へと、移植できるものではない。なにしろ、厳しい適合条件の審査がある」

——それも、そうですよね。……でも、牛川ミルクは大家さんの心臓を移植されたと思い込んでしまい、それで、精神を病んでしまって……果物ナイフで胸を突いて自殺してしまったそうです。その報《しら》せが入ったのが、今朝です。

遺書が残されていました。

『これ以上、誰かにつきまとわれるのは嫌です。誰かの気配に悩まされるのは嫌です。もう、耐えられません。だから、私の中のストーカーを、消します』

ああ、もう時間ですね。

では、今日は、これで失礼します。

case6　フリン

警視庁生活安全総務課、ストーカー対策室、特別対策ゼロ係。

橋田結花が職場に戻ったのは、午後三時過ぎ。カバンを置いたデスクには、書類が山と積まれている。どれも、ストーカー被害の相談事案だ。

「あ、お帰りなさい」

二宮隆は、恐る恐る、声をかけた。橋田結花は先輩だが、階級は自分より下の巡査。どう接したらいいか、今もよく分からない。だからといって無視するわけにもいかない。なにしろ、橋田結花はパートナーでもある。無論、仕事上でのパートナーだ。

「東京拘置所に行ってたんですか？」

訊《き》くと、

「はい。……先生に面会してきました」

その言葉遣いは丁寧だが、やはり、どこかトゲがある。

「先生？　……ああ、あの人ですね。和製レクター博士」

一方、二宮隆はあえてフレンドリーな感じで、馴《な》れ馴れしく言った。

が、それがいけなかったのか、橋田結花はトゲどころか怒気を含ませ、一本調子で言うのだった。

「そうです。前山室長に言われて意見を求めているんですが、……全然収穫がなくて。それどころか見当違いのことばかり。……というか、あの人、ただのペテン師ですよね？　なのに、なんで先生って。……あれじゃ、本物のレクター博士が泣きますよ」

「何言ってんですか、本物って。……レクター博士は、そもそも創作上の人物ですよ」

「分かってる」

橋田結花のイライラが頂点に達したようだ。が、咄嗟《とっさ》に笑みを作ると、わざとらしく書類を一枚、ピックアップした。そしてそれにハンコを押すと、再び席を立った。

「さてと。……ちょっと出かけてきます」

「また、お出かけですか？」

「殺害された浜田七緒子の元同僚のところに行ってきます」

「僕も、行きましょうか？　だって、僕たち、パートナーじゃないですか」

そう、パートナーだ。たとえ、虫の好かない相手だったとしても、これはかりはどうしようもない。

「いいえ、大丈夫です。ちょっと用件を伝えに行くだけですから」

「用件って？」

橋田結花は肩でため息をつくと、面倒臭そうにたらたらと説明をはじめた。その内

容は、どう考えても電話で済みそうなものだった。だから、

「なんだ。そんなの、電話でいいじゃないですか」

と、言ってはみたが。しかし、橋田結花は譲らなかった。そして、

「では、行ってきます」

と、再びカバンを手にした。


それが、二年前の今日。その日、橋田結花は何者かに襲われ、病院に収容された。そして、いまだ意識は戻っていない。

当時巡査部長だった二宮隆は、警部になっていた。役職は係長。準キャリアが三十そこそこでここまで昇るのは異例の大出世だと周りからは言われるが。……公務員試験予備校で同期だったキャリアなんか、もっともっと出世している。公務員試験予備校の中で一番鈍臭くてまったく使えなかった男でさえ、キャリアというだけで今では新宿南署の署長だ。新宿南署といったら、花形だ。しょっちょう、テレビにも登場している。昨日も、『密着！　列島警察24時』とかなんとかいうタイトルのドキュメンタリー特番に出ていたっけ。一方、ストーカー対策室なんて、テレビで取り上げられたことなんかない。取り上げられることがあっても、「警察がなんの手も打たなかったせいで、またもや被害者が！」的なネガティブな番組で、悪役として登場させられ

るのがオチだ。ああ、まったく、貧乏くじもいいとこだ！

と、爪を齧《かじ》っていると、

「二宮君！」

いつもは、オフィスの隅の個室に閉じ籠《こ》もって小説を読んでいる前山室長が、珍しく声をかけてきた。

前山室長、苦手な上司だ。だが、自分が準キャリアの身で、ここまでスピード出世できたのはこの人のおかげでもある。無下にはできない。

「はい、室長。なんでございましょうか？」

二宮隆は、揉《も》み手をしながらすっくと立ち上がった。

「来たよ、来たよ、うちにもとうとう来たよ！」

「なにが、来たんでございましょうか？」

「だから、テレビだよ！　『密着』だよ！」

「ええ！」

二宮隆は、大袈裟《おおげさ》に驚いてみせた。室長がこれほど興奮しているのだ、自分もそれ以上に興奮しなければならない。

「本当でございますか？」

「本当だよ、間違いない。今、広報から連絡がきたよ。早速、テレビ局と打ち合わせだ」

「それで、どこの局でございましょうか？」

民放のキー局すべてが、警察密着ドキュメンタリー番組を持っている。番組改編時期にどの局も決まって放送するので、ワンパターンっちゃワンパターンなのだが、視聴率は割といいらしく、定番のコンテンツになっている。警察側としてもまたとないイメージアップに繋《つな》がるので、惜しみない協力を捧《ささ》げているわけだが。……でも、局によっては、かえってイメージダウンに繋がる恐れもある。特に、リベラル色が強いテレビ局は意地悪な切り口で番組を構成するものだから、油断ならない。だから、ちゃんと確認しておかなければ。

「どこの、局でございましょうか？」

「聞いて驚くな、帝東《ていとう》テレビだ！　天下の帝東テレビだ！」

「ええええ！」

二宮隆は、今度も驚いてみせた。が、これは本音からの驚きだ。帝東テレビといえば、リベラルの雄。政治家や官僚たちのちょっとした疵《きず》を見つけては、それにぐりぐりと塩をすりこむように、辛辣《しんらつ》な挙げ足取りをするのが得意な局だ。政治家や官僚だけではない。警察も彼らの恰好《かっこう》の獲物だ。前にこの局で放送された警察密着ドキュメンタリーでも、警察ではなくて犯人に肩入れして放送したものだから、放送後、警察庁のサイトが炎上した。

なるほど。だから、うちに白羽の矢が立ったというわけか。

広報も、帝東テレビから申し入れがあれば断るわけにはいかない。断ったら、「他の民放はOKで、うちだけNGとはこれいかに」と、徹底的に叩《たた》かれること必至。とはいえ、刑事部や交通部などの主要部署を取材させるわけにはいかない。だから、うちのような窓際部署にお鉢がまわってきたにちがいない。

なのに、前山室長は、小躍りしそうなほど喜んでいる。

この人は、根っからのテレビっ子で、そしてミーハーなんだろうな。きっと、小学生の頃は、事件現場に赴いてはテレビカメラに向かってピースサインを送っていたに違いない。……ああ、まったく、先が思いやられる。

＋

帝東テレビの下請け制作会社、帝東クリエイティブ。

ドキュメンタリー映像部の大井《おおい》千奈美《ちなみ》は、瞬《まばた》きも忘れノートパソコンにかじりついていた。

もう、午後十一時を過ぎようとしている。働きかた改革とやらでクライアントである帝東テレビの社員は残業が制限されているらしいが、こちらにはそんな改革の波など一ミリも届いていない。それどころか、本来クライアントがしなくてはならない仕事まで押し付けられて、仕事が増えた。しかも、早急に確認したい事案があっても連絡がとれない。メールを送っても、「本日は退社いたしました。返事は明日いたします」という、無味乾燥な定型文が自動返信されるばかりだ。

つくづく思う。働きかた改革やら、プレミアムフライデーやら、そんなの、恩恵を受けるのは公務員と大企業の正社員だけだろう。ほとんどの中小企業やサービス業、そしてフリーランスにはまったく関係のない話だ。

ああ。母の言う通り、公務員になっておけばよかったんだろうか？　せっかく、国家公務員Ⅱ種に合格したというのに。でも、あのときは若かった。母の強い勧めで公務員試験予備校にも通っていたが、予備校生はみな、なにやら独特の眼差《まなざ》しで前を睨《にら》みつけ、そして暗い表情で机に向かうばかりだった。まるでロボット。こんなロボットたちと定年まで仕事をするのかと思うと、気持ちが深く沈んだものだ。自分の人生が、荒野に敷かれた線路のように思えて、死にたくなった。だから、まったく正反対のマスコミという道を選んだのだが。

「バカね、あんた。絶対、いつか後悔するわよ」

帝東テレビに就職が決まったとき、母からそんなことを言われた。そのときは、

「後悔？　そんなのするはずないじゃない。だって、テレビ局よ？　キー局よ？　給

料だっていいし、なにしろやりがいのある仕事よ！　これほど理想的な職場もないよ！」

　と、意気揚々と反論したものだが。

　その帝東テレビにいたのは十年、十一年目で今の下請け会社に出向になり、そのままこの会社の社員となるか、それとも帝東テレビを辞めるかの二者択一を迫られ、今に至る。

　あれから六年。千奈美は、三十九歳になっていた。

「ほら、だから公務員になっておけばよかったのよ。市役所で働いているあんたの幼なじみのミナヨちゃんなんか、職場結婚して子供が二人。駅前の公務員宿舎で優雅に暮らしているわよ。一方、あんたときたら。四十を前にして、男性の影すらないんだから。それに、あんたのあの部屋はなに？　まるで、監獄みたいな小さなワンルーム。あんなところに住んでいたら、あんた、ますます不幸になるわよ。悪いことは言わないから、帰ってきてお見合いでもしなさい。今、結婚すれば、なんとか四十ぎりぎりで出産できるから。それ以上歳とると、色々リスクがあって大変よ。それに――」

　母の指摘は、いちいち的を射ていた。反論できなかった。だからといって、このまま母の言う通り実家に戻ったとしても、ますます肩身の狭い思いをするだけだ。だって、地元に残った人間は、地元を捨てた人間に対してとことん冷たい。母だって、その心の奥では、家を出た娘をどこかで恨んでいたはずなのだ。それでも母が「帰ってこい」と煩《うるさ》かったのは、私に子供を産ませるためだ。きっと、母も母で、色々と言われていたのだろう。「孫はまだか」と。一人娘の私が子供を産まない限り、大井家は途絶えてしまう。それを、母や周囲は心配していたのだろう。

「断絶したらいいのよ。私は、子供を産むマシンではございません」

呟《つぶや》きながら、千奈美は、パソコンに表示された文字の羅列をひたすら追う。

「あった、これだ」

それは、古い新聞の記事だった。

内容は、ある人物が詐欺で逮捕された……というたわいのないものだった。

が、この事件は、当時、ある特定の人間にとっては衝撃的なニュースだった。

なぜなら、その人物は、一部では有名な先生だったからだ。

そして、今、その先生は未決囚として東京拘置所の中にいる。そこでの渾名《あだな》は、和製レクター博士。

千奈美が、そのことを聞いたのは、ちょっとした偶然だった。

アイドルの追っかけに夢中な中高年男性のドキュメンタリーを撮っていたときのことだ。取材対象者の一人に、元刑務官という男性がいた。その男性が言うには、「東京拘置所に、和製レクター博士と呼ばれている未決囚がいる」

なぜ、和製レクター博士なのか？　と問うと、

「警視庁のストーカー対策室が、事件のプロファイリングを依頼しているからですよ。……特に前山室長が熱心で」

「プロファイリングを？　で、その和製レクター博士とは、どんな人なんですか？　専門家？」

「いいえ。ただの、ペテン師ですよ」

「ペテン師？　そんな人にプロファイリングを？」

「犯罪者だからこそ、犯罪者の心理が分かる。蛇の道は蛇……というやつではないですか？」

いやいやいや。小説やドラマの中では分かるが、リアルに行われているとなると、色々と問題だ。

「そう。だから、このことは、絶対秘密事項なんです。……でも、俺はもう、刑務官ではないので、しゃべっちゃいますけどね」

公務員は、公務員のときに知り得た情報は、公務員を辞めても漏らしてはいけないはずだ。が、そんなこと、その男の頭にはなかった。まったくけしからん話だが、こういう口の軽い人物がいるからこそ、自分たちの仕事は成り立っているともいえる。

「和製レクター博士の話、もっと詳しく教えてくれますか？」

「え？　なんでです？」

「……ええ、ちょっと」

「ちゃんと訳を話してくれないと、こっちだって教えられないな」

男の目が、とたんに公務員の眼差しになった。さすがは、元刑務官。アイドルの追っかけが過ぎて辞めさせられたとはいえ、その魂は入れ墨のように体に刻まれているようだ。その視線には、有無を言わせないものがある。

千奈美は、こちらが話を聞く立場だということも忘れて、身を硬直させた。

「母が――」

しかし、ここで我に返り、

「結構です」と、そのときは話を中断した。

が、和製レクター博士のことは、ここのところずっと、千奈美の心に燻《くすぶ》り続けた。

できたら、会いたい……とすら考えていた。

そんなときに飛び込んできたのが、帝東テレビの警察密着ドキュメンタリーの仕事だ。

「やります！」

千奈美は、考えるより早く、手を挙げていた。そして、

「ストーカー対策室にスポットを当てたいんですが、いいですか？」

＋

「え？　和製レクター博士？」

その名前を口にすると、その男はとたんに口ごもった。

「な、な、なんですか、それ？」

そして、あからさまにしどろもどろになった。

分かりやすい男だ。

警視庁生活安全総務課、応接間。千奈美は、帝東テレビの改編期特番『追跡24時！警察大調査網』の打ち合わせのために、ここを訪れた。そして現れたのが、ストーカー対策室、特別対策ゼロ係、二宮隆だった。

名刺によると警部のようだが、見た感じ、自分よりも年下だ。三十前後といったところか。その若さで警部ということは……もしかしてキャリアか？

それにしては、あまりに頼りない風貌《ふうぼう》だ。世に言うチャラ男。見た目で判断してはいけないと人は言うが、でも、人の資質や中身は大概、見た目に表れるものだ。内なるものが滲《にじ》み出るのだ。

「和製レクター博士なんて、僕は知らないなぁ」

その惚《とぼ》けかたも、あまりに軽い。こんな人にストーカー事件などという社会の暗部を取り締まることができるんだろうか？　が、広報課の担当いわく、この人はストーカー事件をことごとく解決している敏腕なのだという。

たぶん、事件解決の裏には、和製レクター博士の存在があるのだろう。

「もちろん、番組では、和製レクター博士のことには触れません。ただ、個人的に知りたいんです。先生のことが」

「は……。そんなことを言われても」

「惚けても無駄です。……上の人に聞いたんですから」

当てずっぽだったが、チャラ男はまんまと食いついてきた。

「え？　上の人って、……前山室長？」

黙っていると、

「もしかして、もっと上の人ですか？」

頷《うなず》くと、

「参ったな……」

と、チャラ男は子供のように爪を噛《か》みはじめた。

「僕だって、よく知らないんですよ、先生のことは。でも、この部署では、先生に意見を聞くことが慣例になっていまして」

「いつからですか？」

「僕が、この部署に配属されたときにはもうすでに。……聞いた話だと、もうかれこれ、十年ぐらいになると」

「そんなに長く？」

「だから、ただの慣例ですよ、慣例。先生の意見を鵜呑《うの》みにして、捜査しているわけではないんです。……なんていうのかな、ほら、一種のジンクスみたいなもんですよ」

「ジンクス？」

「そう、ジンクスみたいなもんなんです。事件解決を祈って、神社参りするようなものです。……だから、特に意味はないんですよ」

「なるほど。特に意味がないのに、わざわざ交通費を使って、東京拘置所の先生のところに行くってわけですね。ここから東京拘置所まで、どのぐらいかかりますか？　その交通費は、もちろん税金――」

千奈美は、言葉を急停車させた。

目の前のチャラ男が、かりかりと爪を激しく噛んでいる。たぶん、これは拒絶を意味している。

いけない、いけない。本題に行く前に、どうでもいい前ふりで相手を怒らせてしまい、そして結局なにも引き出せないまま喧嘩《けんか》別れ……といういつものパターンだ。

「ああ、すみません、ちょっと気になっただけですので……」

千奈美は、素直に謝った。

が、相手は固く心を閉ざしてしまったようだ。爪を噛むのを止めない。

「では、本題に行きましょうか。……今回、ご協力いただきたい点をまとめてきました」

そして、千奈美は、持参したレジュメをテーブルに置いた。

「それにしても」

話が一通り終わったところで、チャラ男……二宮警部がふと、視線を上げた。その公務員の眼差しに、千奈美はぎょっと身を竦《すく》ませた。

「……な、なんでしょう？」千奈美は、咄嗟に笑みを作った。

「先生のことが気になるあなたの気持ち、僕にも分かります」

「え？」

「僕も、常々、気にはなっていたんですよ、先生のことが」

「は……」

「だって、ほんと、つかみ所がないんです。そもそもですよ？　先生が犯した罪は、詐欺罪。一審で言い渡されたのは懲役三年の刑。本来なら、とっくの昔に娑婆《しゃば》に出ているはずです。なのに、先生は犯行を否認。無罪を主張して、控訴するんだもんな……。もう、意味が分からない」

「このままでは、最高裁までいくでしょうね」

「詐欺罪で最高裁までいくなんて、あまり前例がありませんよ」

二宮警部は、いかにも警部らしく、仰々しく腕を組んだ。が、その指先の爪は噛んだ跡なのかギザギザで、まるで幼児のそれだった。

千奈美にも、同じような癖があった。どんなにきれいにネイルしても、あの人の声を聞くと、いつのまにか齧ってしまう。そして、せっかくのネイルがボロボロになるのだ。それは、声なき反抗に他ならない。ストレスの捌《は》け口に他ならない。こんなチャラ男だが、この人もこの人なりに色々と苦労しているのかと思うと、なんだかシンパシーを感じてしまう。

「え？　どうしました？」

二宮警部が組んだ腕を解きながら、公務員の眼差しでこちらを見る。

千奈美は、内心ドキッとしながらも、言葉をつないだ。

「……いえ。なんていうか。大変だな……って」

「大変？」

「ええ。ストーカー対策室って、理不尽なことも多そうだな……と」

「理不尽？」

「だって、ストーカー加害者って、自分が加害者だっていう意識がないじゃないですか？」

「確かに、そうです。ストーカー被害に遭っていると訴えてきた人物のほうが、実はストーカー加害者だった……という例も多いんですよ」

「ストーカー加害者は、被害者意識が強いのかもしれませんね」

「そうなんですよね。だから、注意しても、警告しても、『なんで？　なにかいけないことしてる？』という表情をする。これが、殺人とか窃盗ならば、加害者も自覚しやすいんでしょうが。ストーカー加害者となると……その自覚がない人が多くて困ります。だから、中には善意で、ストーカー行為を繰り返す人もいる」

「分かります。……うちの母も、そんな感じです」

「お母様が？」

「私、うちの母に小学校の頃からずっと監視されているんですよ」

「なんでまた？」

「私が悪いことをしないか、犯罪者にならないか、監視しているんです」

「そうなるきっかけは？」

「小学二年生の頃。家にあったお金をちょっと使ったことがあるんです。しかも、テーブルにこれ見よがしに置いてあった五十円玉。それを使ったら、母に交番に連れて行かれました。で、母ったら、こう言うんです。『こんな泥棒に育てた私の責任です。私も一緒にお縄になります』って。それ以来、母の監視がはじまりました」

「なるほど」

「……で、私、母の目から逃れたくて、一人暮らしをはじめたんですが、母はなんだかんだと理由をつけては上京し、私の部屋にやってくるんです。しかも、無断で」

「合鍵《あいかぎ》を渡しているんですか？」

「渡してません！　なのに、いつのまにか合鍵を作って、無断で上がり込んでるんです。……これって、不法侵入ですよね？」

「まあ、確かに」

「母は、私のことが心配だからって。なにかしでかすんじゃないかと心配だから、様子を見に来ているだけだって。……私から言わせれば、つきまといに他なりませんよ、まったく」

「なるほど」

「だから、私、母には内緒で引っ越したんです」

「今の住所は、ご家族には報《しら》せてないんですか？」

「はい。知っているのは、付き合っている彼だけです」

「だったら、お母様、ますます心配されているんでは？　……で、お母様は、今は？」

「母は、今は……」

＋

千奈美が飯田《いいだ》橋《ばし》の自宅マンションに戻ったのは、午後十一時過ぎだった。

ふと見上げると、部屋に灯《あか》りがついていた。

なんで？　電気、消し忘れた？

それとも、もしかして。……マサアキさん？

心臓が、ひとつ、大きく跳ねた。

慌ててエレベーターに乗り込むと、五階のボタンを押す。

『住人各位。近所から、悪臭の苦情が届いています。生ゴミなどの処理にはご注意願います。　管理室』

ボタンの横にはそんな貼り紙。

が、今は、それどころではない。

鼓動が速い。居ても立ってもいられない。早く、早く、早く、五階につけ！

ちーん。

五階に到着するも、もったいつけるようにゆっくりと開くドアがじれったい。千奈美はこじ開けるようにドアの隙間からすり抜けると、自室に向かった。

部屋は、この長い廊下の奥。

たったたったたったたっ

ヒールの音が、やけに煩い。……いや、違う。これは、心臓の音だ。心臓が、今にも破裂しそうなほど、激しく鼓動している。

早く、早く、早く！　早く、マサアキさんに会いたい！

ようやく玄関ドアにたどり着く。ドアノブを摑《つか》むと、案の定だ、解錠されている。

千奈美は勢いをつけてドアを開けた。

「マサアキさん！」

が、玄関先にきれいに置かれた靴を見て、はっと口を閉ざした。

……この靴。まさか。背筋が凍る。千奈美の指先が、いつのまにか唇に向かう。

「千奈美、遅かったわね！」

ひょっこり顔を覗《のぞ》かせたのは、母だった。

なんで？

指先の爪が、かりっと歯に当たる。

「だから、婦人会の観劇会よ。年に二回ある、恒例のやつ」

ああ。バスを借り切って、日比谷《ひびや》の帝劇で観劇するやつね。って、そんなことじゃない。なんで、ここが分かったの？

「まあ、そんなの、調べれば分かるわよ」

調べたの？　じゃ、鍵は？

「管理人さんに事情を話して。母親ですって免許証を見せたら、すんなり合鍵貸してくれた」

信じられない。このご時世、親ってだけで、合鍵を渡すなんて！　今度、文句言っておかなくちゃ。

「そんなことより、いいお芝居だったよー。ほんと、素晴らしかった。このまま帰るのはなんだかもったいないなーと思って、で、来ちゃった」

意味が分からない。なんで、お芝居が素晴らしいと、うちに来るわけ？

「だって、あの余韻にもう少し浸っていたかったからさ。あのままバスに乗ったら、なんだか現実に引き戻されちゃう感じじゃない」

まあ、それは分からなくもないけれど。……だったら、ビジネスホテルとかに泊まったほうがいいんじゃないの？　そのほうが、余韻に浸れる。とはいえ、もう時間も時間だ。追い出すわけにもいかず、千奈美は、観念するように靴を脱ぎ、部屋に上がった。

「ほら、またその癖」

母が投げた視線に、千奈美の肩がびくっと反応する。

「その癖、直しなさいって、いつも言っているでしょ」

「え？」

「だから、爪を噛む癖。……まったく、あんたは、お父さんそっくり。お父さんも、昔からそうやって爪を噛むのよ。恥ずかしいったらありゃしない」

「恥ずかしい……」

「しかし、あんた。部屋、きれいにしているじゃない。あたし、ちょっと感心しちゃった」

「そう？」

「前の部屋は、もっとぐちゃぐちゃだったのに。今は、ちゃんと整理整頓《せいとん》できている。それどころか、カーテンも替えちゃって」

「安かったのよ。通販で二枚セット九千九百八十円。……ね、安いでしょう？」

「へー、九千九百八十円。……前のあんたは、カーテンにお金かけるのは馬鹿馬鹿しいって、二枚千九百八十円のレースカーテンを使ってたじゃない。しかも、サイズが足りないつんつるてんの」

「さすがに、いい歳して、つんつるてんのカーテンはどうかと思ったのよ。それに、レースカーテンだけじゃ、防犯上、よろしくないし」

「通販だったら、もっと安いカーテンあるんじゃないの？　隣のヤマダさんが、二千九百八十円でジャカード織のいいのがあった！　って言ってたもの」

「ちょっと……。さっきからカーテン、カーテンって。なに？　カーテンの話をしにきたの？」

「そういうわけじゃないけど」

「じゃ、なに？」

「あんた、男できたの？」

　その言い方があまりに下劣で、千奈美は吐きそうになる。が、それを我慢している間にも、母の攻撃は止まらない。

「マサアキっていうの？　その男は」

「…………」

「まさかと思うけど、その人、妻子持ちじゃないでしょうね？」

　母の視線が、ワークデスクのノートパソコンに注がれた。

「嘘、まさか、私のパソコン、見たの？」

　パソコンには日記もあれば、マサアキさんとのメールのやりとりも残されている。

……それを見たの？

「不倫だけはダメよ、不倫だけは」

「やっぱり、見たんだ！」

「……ええ、見たわよ。あんたたちの、くだらない会話をね」

「くだらない？」

「愛している……とか、君だけだよ……とか。あんた、男のそんな言葉、本当に信じているわけ？」

「信じちゃ悪い？」

「バッカみたい。ただの、浮気男の戯《ざ》れ言なのに」

「戯れ言じゃない、これは本気の恋愛よ。彼、離婚するって」

「あんた、なんにも分かってないね」

「分かってるわよ。彼も私も本気なんだから！」

「あんたたちが本気でも、そんなの、世の中が許さない」

「え？」

「有名人の不倫騒動がここまで注目されるのはなぜだか分かる？　それだけ世間が不倫に厳しいからよ。許せない……って思っているからよ」

「世間がどう言おうと、私たちには関係ない」

「あんた、ほんと、分かってない。不倫騒動があっても、男性側は割と簡単に復帰できてる。でも、女性側の復帰は難しい。それはなぜだか、分かる？」

「……」

「それは、世間が許さないからよ。妻から夫を奪った泥棒猫を、世間の女たちが絶対許さないからよ！」

怒鳴りつけるように、母親が「許せない、許さない、許せない、許さない！」を繰り返す。そして、カバンから封筒を取り出すと、

「興信所からの調査報告書よ！」

と、封筒の中から紙を取り出し、それを千奈美の目の前に掲げた。

そこには、見覚えのある名前があった。父の名前と、そして……父の隠し子の名前だ。

「あんた、やっぱり、知ってたのね！　お父さんに隠し子がいることを！」

千奈美は、首を横に振ったほうがいいのか、それとも頷いたほうがいいのか一瞬迷ったが、結局は首を頑として動かさないことを選んだ。

本当は、母親の指摘通り、隠し子の存在を知っていた。それを知ったのは三年ほど前だったろうか。

相談があると、父が上京してきたことがある。そのときに、打ち明けられたのだ。

――最近、母さんの様子が変なんだ。やたらと、勘ぐってくる。このことが母さん

にバレたら、あいつの気性だ、なにをしでかすか分からない。そのときは、お前の弟を守ってやってくれ。

守ってほしい……って言われても。そんな、見たことも聞いたこともない弟を守れだなんて。が、父はこうも言った。

——大井家にとっては、大切な男子だ。いつかちゃんと認知して、この家を継いでもらおうと思っている。だから、どうか、守ってやってくれ。

父は、根っからの田舎者だ。個人のことよりも「家」の存続を優先するところがある。そんな父に吐き気を覚えたが、こうも思った。

「弟がいれば、私が子供を作る義務もなくなる。作れ作れのプレッシャーから解放される」と。そんなことを咄嗟に思った自分もまた、つくづく田舎者だな……と。

とはいえ、今まで特になにもしてこなかった。その弟とやらとも会ったことはない。だから、これからも、特になにもするつもりはなかったが。

「あんた、本当に分かってない」

母が、やけに静かに言った。

「隠し子がいるってことは、お父さんになにかあったとき、家も財産も、すべて持っていかれるってことなのよ」

「まさか。お父さんになにかあったら、妻であるお母さんに全財産の半分が——」

「あんた、本当になにも分かってない！　お父さんが、『隠し子にすべて譲る』と遺言したら、全部そいつのものなのよ！」

「でも、遺留分というのが――」

「あんた、全然分かってない！」

母がカバンから、またなにかを取り出した。

それは、一瞬だった。キラリと光る何かが宙を舞った……と思ったそのとき、頬に鋭い痛みがすぅぅと走った。

母が、呆然《ぼうぜん》と、こちらを見ている。

「お母さん？」

頬に手を当てると、生温《なまぬる》いべったりとした感触。……そして、強烈な鉄の臭い。

「あんたが悪いんだからね、あんたが！」母が、刃物を振り回しながら喚《わめ》き散らしている。「あんたが、不倫なんかするから、いけないんだからね！　世の中の女は、絶対、不倫女を許さないんだからね！」

母の怒りは、いつのまにか、不倫をしている娘に向けられていた。

これが、母の言う、『世の中の女』の正体なのかもしれない。本来向かうべきは、自分の夫か、それを奪った女のはずなのに、それがどこかで捩《ね》じれてしまう。そして、まったく関係ない不倫に自身を投影し、その不倫相手の女に不条理な憎悪を覚える。

だからって、なんで私を？

なんで、私を！

「あんたが、不倫なんかするからよ！　あんたがいけないのよ！　あたしは、あんたを許さないからね！　一生、許さないからね！　こうしてやる！」

＋

「お母さん、もう、勘弁して！」

自分の声に起こされる形で、千奈美は目を覚ました。

いつもの見慣れた風景。北欧調のカーテンの隙間から、微《かす》かに陽の光が漏れている。

「……夢か」

千奈美は、眼球がきしむほどに、目を擦《こす》った。

千奈美が飯田橋の自宅マンションに戻ったのは、昨夜の午後十一時過ぎだった。ふと見上げると、部屋に灯りがついていた。……彼かと思い急いで部屋に戻ったが、電気を消し忘れていただけだった。

……最近、彼から連絡がない。

『ほら、だから言ったでしょう。あんたはただ、遊ばれていただけよ』

『そう、ただの浮気。なんだかんだいって、男にとって大切なのは家族なのよ』

『それにしても、あんたがこれほどのバカだったとは思わなかったわ。恥ずかしい』

母の声が、耳の奥から次々と湧いてくる。

「やめて、やめて、やめて！」

千奈美は、枕で耳を塞《ふさ》いだ。

あれから、もう半年も経つというのに。

……いまだに、母の亡霊がつきまとっている。

千奈美は、クローゼットを見やった。


『で、お母様は、今は？』

昨日、二宮警部に訊かれたとき、

「母は、今は……行方不明なんです」

と答えておいたが。事実、父が失踪《しっそう》届けを出してはいるが。

本当は違う。母は、まだ、この部屋にいる。

あのクローゼットの中に。

だって、仕方なかった。あれは、正当防衛だ。ナイフで襲ってきたのは、母のほうだ。私は自分を守っただけ。裁判で戦えば、無罪になるだろう。が、警察に届けるのを先延ばししているうちに、半年が経ってしまった。管理人からは、「悪臭に注意」などと、遠回しに苦情が出ている。

もう、時間の問題だ。

が、今はそんなことより、もう少し寝ていたい。午後から、『追跡24時！　警察大調査網』の本格的な撮影もはじまる。

千奈美は、ブランケットを引き上げた。

case7　イットカン

――先生、ご無沙汰《ぶさた》していました。……二ヶ月振りでしょうか？

「ご無沙汰は、なによりです。事件が起きていない……ということですから」

――事件がまったくないわけではありません。ストーカー事案は、年々、増える一方。昔なら、痴話喧嘩《げんか》で済むような事案まで持ち込まれて、てんてこ舞いです。

「痴話喧嘩？　つまり、話し合いで済むような？」

――そうです。昔なら、「民事不介入」で一蹴《いっしゅう》できたんでしょうが、今はそうもいかない。……まったく、結局、コミュニケーション不足なんですよ。ちゃんと面と向かって話し合わないでなんでもかんでも警察沙汰にしてしまう。この風潮はなんとかなりませんかね？　先日も、こんな相談がありました。

「どんな？」

――実の親子の間に起きた事件です。

「ほー、実の親子の間に」

――そうです。なんでも、母親につきまとわれて困る……と。

「なるほど。親族間ストーカーですね。ですが、親族間の場合は、よほどのことがないかぎり罪にはなりませんよね」

――おっしゃる通りです。親族相盗例です。配偶者、直系血族又は同居の親族間で発生した一部の犯罪行為またはその未遂罪については、その刑を免除する。刑法２４４条１項です。

「前項に規定する親族以外の親族間では親告罪とする。刑法２４４条２項。……それで、その娘さんが告訴してきたということですか？」

――いいえ。告訴はしていません。なんでも、その母親、今は行方不明らしいんですよ。

「行方不明？」

――調べてみると、確かに、半年前に失踪《しっそう》届けが提出されていました。……大井典《のり》子《こ》さん六十五歳。元公務員。

「公務員？」

――はい。茨城県の国立病院で看護師をしていたそうです。今は、クリニックでパート勤務。が、半年前、地元婦人会の観劇会で上京した折、姿を消したということです。

「なるほど……」

――で、そんな話はどうでもいいんです。今日は、先生にご報告したいことがありまして。

「なんです？」

――橋田巡査は覚えてらっしゃいますか？

「橋田結花さんですね。もちろんです。でも、彼女、二年前に誰かに鈍器のようなもので殴られて――」

――その後、奥多摩《おくたま》の河原で発見されました。幸いなことに命に別状はなかったのですが、ずっと意識がなく……。

「植物状態だったんですよね？」

――はい、そうです。ですが、昨日、ようやく意識が戻ったと、病院から連絡が。

「……意識が戻った？　……そうですか、橋田結花さんの意識が無事、戻ったんですか」

――無事ともいえないんですが。なにしろ、色々と忘れているんです。

「忘れている？　記憶喪失とか？」

――いえ。自分の名前は覚えています。

「部分健忘……というやつですか？」

――はい。部分的には覚えているようで。例えば、一斗缶。

「一斗缶？」

——はい。うわごとのように、一斗缶、一斗缶……って。

「そういえば、橋田結花さんは、誰かに会いに行ったその夜に襲われたんですよね？」

——はい。Ｂ子……沢口圭子という女性に、一斗缶のことで会いに行ったんです。その夜に。

「ああ、思い出してきました。Ｂ子。この人物は、典型的なサイコパスです。罪悪感が皆無で、良心すら持ち合わせていない。まるでゴキブリを殺すように、目障りな相手を処分する」

——ええ。先生からそのお話を伺って、我々もＢ子……沢口圭子を容疑者としてマークしていたんです。

＋　＋　＋　＋

「圭子？　圭子、いるの？」

沢口昌枝《まさえ》は、ドアの前で娘の名を繰り返し呼んだ。が、返事はない。

返事がなくとも、分かる。

娘はこのドアの向こうで、また例のことに熱中しているのだ。

短い映像をつなぎ合わせる作業に。そして、その映像を二時間ほどの長さにして、さらに編集してＢＧＭをつけて、最後に「涼《りょう》ちゃんスペシャル」とタイトルをつける。

そう、ここ数年、圭子にとっての関心ごとは「新井田《あらいだ》涼」という俳優だった。新井田涼が出演する番組を逐一録画するのはもちろん、雑誌や新聞に「新井田涼」の名前があるとそれを切り抜き、コレクションしている。写真はもちろんのこと、「新井田涼」という文字まで切り抜いているという熱心さ。

……そりゃ、私だって、若い頃は芸能人に夢中になっていた。それはジュリーこと沢田《さわだ》研二《けんじ》。ザ・タイガースの頃は特に熱中していて、学校をサボってコンサートにも行ったものだ。今の旦那《だんな》と知り合ったきっかけだって、〝沢口〟の〝沢〟に惹《ひ》かれたからだ。この人と結婚すれば、ジュリーと同じ〝沢〟のつく名字だわ！……って、なんとも幼稚な動機で今の旦那と付き合った。そこまで夢中になれたのも、ジュリーだからだ。

そう、ジュリーなら分かる。ジュリーほどの美男子ならば。スターならば。

でも、圭子が夢中になっているのは、なんてことはない、脇役専門の俳優。確かに最近、バラエティ番組に出演することも多くなり、清涼飲料水のコマーシャルに起用されたりしているが、どこがいいのかさっぱり分からない。

なんで、よりによって、あんなしょぼいおっさん俳優を？

「それはですね。ちょっと頑張れば、手が届く存在だからですよ」

いつだったか、パート先の同僚がそんなことを言った。

「ほら。韓流《ハンりゅう》スターやアイドルや人気俳優ならば高嶺《たかね》の花で、絶対手が届かないじゃないですか。でも、それほど人気のない脇役俳優ならば、なんとか頑張れば手が届く。あわよくば恋人になれるかも……って、思っているんじゃないかしら？」

「恋人って。やめてよ、お茶噴いちゃうじゃない。分別のない十代の子供ならばまだしも、うちの娘は、三十八歳。いい大人よ？　しかも、相手の俳優は五十過ぎのおっさんよ？」

　そのときは、笑い飛ばした昌枝だったが。

　どうやら、娘の圭子は、本気で〝涼ちゃん〟の恋人になろうとしている。いや、恋人だと思い込んでいる節がある。

　それを知ったのは、圭子のブログだった。

　そのブログをみつけたのは、半年ほど前のことだ。

　なにげなく、自分の名前で検索してみたときだ。そう、いわゆる〝エゴサーチ〟。職場でエゴサーチが流行《はや》っていて、なら自分も……と遊び半分でやってみた。ついでに娘の名前も入れてみた。なにもヒットしないだろうと思っていたところ、なんと、圭子のブログがヒットしたのだった。

　圭子はそれを隠すつもりはないらしく、堂々と実名を名乗っている。しかも、母親である自分の名前も頻繁に出てくる。さらには、職場の同僚の名前や近所の人の名前まで。しかも、それはどちらかというと、ネガティブな内容だった。ブログで名指しされた人はみな、自分と〝涼ちゃん〟の仲を裂こうという極悪人。そんな悪人はみな、死ねばいい。……そんなことが書かれていた。

血の気が引くようだった。

これは、なにかトラブルになる。

いや、すでになっているかも。

案の定だった。

ブログを見つけた日から、一ヶ月ほどが経った頃だった。「新井田涼」が所属するプロダクションから、内容証明郵便が届いた。

圭子宛だったが、気になった。だって、内容証明郵便だ。これはなにか重大なことが起こっているとみていい。昌枝は、恐る恐る、封を切った。

中には、一枚の用紙が入っていた。中身を引き抜き開くと、まず、「警告」という文字が目に入った。

次に、

『貴殿は、新井田涼と交際しているという妄想を抱き、それをブログに投稿しネットで広めています。また、新井田涼の自宅や収録現場で待ち伏せし、執拗《しつよう》にメールも送り付けています。それを注意しても貴殿は納得せず、それどころか、ブログに虚偽の内容を投稿し続けています。このことで新井田涼は大変な精神的苦痛を被っております。このような執拗なつきまといや名誉を毀損《きそん》する行為を直ちに中止するよう通告いたします。本書面による通告にもかかわらず、今後もつきまといや名誉毀損行為が継続する場合には法的措置をとらせていただく所存であることをあわせて警告いたします。』

それは、とても丁寧な文面だった。が、内容は凍りつくようなものだった。

「つきまといって。……つまり、ストーカー行為ってこと？」

昌枝は、言葉を震わせた。

ストーカー。立派な犯罪だ。その証拠に、警告文には「法的措置」という言葉もある。

法的措置。つまりは、それは〝逮捕〟を意味する。

「どうしよう！　あの子が逮捕される！」

昌枝の全身に震えが走る。

逮捕。それは人生の終わりを意味するように思われた。たとえ不起訴であろうと、冤罪《えんざい》であろうと、〝逮捕〟という事実は、刺青《いれずみ》のように消えることはない。

特に、この村では。今では〝市〟となって、東京近郊のベッドタウンとして機能しているが、ちょっと前までは閉鎖的な農村だった。言うまでもなく、村根性は今もしっかり根付いていて、住民同士が監視しあっている。そんな環境だ。逮捕者を出した家が、それまで通り暮らしていけるはずもない。

「どうしよう、どうしよう……！」

動揺した昌枝は、その場で内容証明郵便を破り捨てた。さらに、それを燃やしてしまった。

こんな郵便があるからいけないんだ。これさえなければ、すべてなかったことになる。……そんな短絡的で衝動的な思いからだった。そんなことで圭子の悪行がチャラになるわけはないとどこかで理解しながらも、昌枝にはそうするしかなかった。

とにかく目の前から面倒ごとを消し去りたい！

昌枝は、こうも考えた。

……そうだ。内容証明郵便のことは、あの子に知られてはならない。あの子のことだ。こんなものが届いたと知ったら、ますますエスカレートするに違いない。

あの子は昔からそうなんだ。思い通りにならなければ力ずくで思い通りにしてしまう。そのせいで、相手に怪我をさせてしまうことも度々あった。

圭子が子供の頃は、それでしょっちゅう学校に呼ばれた。が、そのたびに夫が出てきて、事件をうやむやにしてくれた。

沢口家は、この辺では旧家で名主だった家だ。その発言力は代々弱まってはいるものの、夫にはまだそれなりの威光が残っていた。夫が出れば、なんとかなった。

しかし、その夫亡き今、沢口家の威光など完全に消滅した。それどころか、「沢口さんちの嫁と娘は出来が悪い」と、陰口を叩《たた》かれる始末。特に、娘の評判は悪い。

「沢口さんちの娘は、○○○○だ」と、放送禁止用語で呼ばれている。

○○○○。母親である自分も、娘のことをついついそう罵《ののし》ってしまうときがある。もちろん、心の中でだが。本人に向かってそんなことを言ったら最後、最悪殺されてしまう。

そう、あの子は、○○○○である上に、凶暴なのだ。

ああ。なんだって、あの子の性格はあんなに過剰で過激なんだろう。

あんな性格でなければ、今頃、結婚して孫だって生まれていたに違いない。

昔は、見合い話だってそこそこあった。でも、あの子が癇癪《かんしゃく》を起こして、見合いをすべてぶっ壊してしまった。一度なんて、見合い話を持ってきた人の家に土足で上がり込み、食卓に肥溜《こえだ》めの糞尿《ふんにょう》をぶちまけたこともあった。

あのときは、さすがに警察沙汰になった。が、これも夫が金を握らせてうやむやにした。

ああ……。

昌枝は、頭を抱え込んだ。

ああ、あの子はいったい、これからどうなるんだろう？

やはり、あのとき、病院に連れて行ったほうがよかったのだろうか？

そう、あの子が高校生の頃。片思いしていた一学年下の男子生徒につきまとい、挙句、無理心中しようとしたとき。

「病院に連れて行きましょう。あの子は、心の病気なのよ」

昌枝はそう提案したが、夫は反対した。

「思春期なんて、そんなものだ。病院に行く必要はない」

思春期だからといって、好きな相手を包丁を持って追いかけ回すだろうか？

「男のほうにも問題があるんだよ。だって、圭子の他に、付き合っている女がいたんだろう？　二股《ふたまた》かけるなんて、けしからん話だ」

いやいや。男子生徒は二股をかけていたわけではなくて、圭子が一方的に横恋慕していただけで。なのに、

「男にいいように遊ばれて、圭子が可哀想だ」

夫は、そう言って、世間もねじ伏せようとした。そのせいで、男子生徒のほうが学校を退学させられた。

圭子の暴走はそれで止まらなかった。圭子は、こともあろうに、例の男子生徒と付

き合っていた女子生徒に執拗な嫌がらせを繰り返した。そして、ついには、二人とも行方不明。……たぶん、これには娘の圭子がかかわっている。

本当に、我が娘ながら、恐ろしい。いったい、何人の人生を狂わせてきたというのだろうか。……このままでは、私の人生も狂わされてしまう。

……いや、もう狂わされてしまっている！

だって、私……。……あのとき。……あの人を。

いやだ、いやだ、いやだ！

もうこれ以上、私の人生を狂わされてたまるものか！

昌枝は、ぐっと拳《こぶし》を握り締めると、すっくと立ち上がった。

「私が、なんとかしなくちゃ。あの子のストーカー行為を止めなくちゃ」

そして、昌枝は、ノートパソコンを開いた。

＋

ぱったん、ぱったん、ぱったん、ぱったん、ぱったん……

警視庁ストーカー対策室ゼロ係の橋田結花が指定された応接室で待っていると、ドア越しに、けたたましい音が聞こえてきた。ミュールの音だ。

ぱったん、ぱったん、ぱったん、ぱったん、ぱったん……

ああ、ようやく、沢口圭子のお出ましだ。前のときもそうだった。散々待たせた上に、耳障りな靴音とともに現れた。まるで、「女王様参上」とばかりに。

実際、沢口圭子は、この会社ではちょっとしたフィクサーなのだと聞く。契約社員という立場だが、正社員の人事にも口を出すような影響力があるのだと、前に来たときに派遣社員の一人がこっそりと教えてくれた。

……それにしても、なんで、職場にミュールなんて。こんなところも女王様たる所以《ゆえん》だろうか。

まあ、法に触れることでもないので、どうでもいいのだが。

そうして、沢口圭子は、ノックもなしにドアを乱暴に開けた。

「お待たせ。で、あたしの一斗缶は？」

その迫力に押される形で、結花は一歩退いた。

「あ……。すみません。一斗缶はまだなんですよ。今、鑑識に行っていまして——」

「はぁ？」

「……すみません」

結花は、反射にまかせて深々と頭を下げた。

いったい、どちらが警官でどちらが一般市民なんだか。

……いけない、いけない。こんなことでは。警察の威厳をみせつけなくては。

　結花は、やおら頭を上げた。
が、沢口圭子の怖すぎる顔が視界に迫ってきて、結花の頭は再び垂れる。そんな結花の頭をごりごり押さえつけるように、沢口圭子が怒鳴った。

「じゃ、あたしの一斗缶、いつ戻ってくるのさ⁉」

「……いつと言われましても。……具体的な日時までは、今のところは……」

「じゃ、なに？　具体的なことはなにも分かってないのに、わざわざこんなところまで来たってわけ？　税金を使って？」

「…………」

「バッカじゃないの？　警察って、そんなに暇なの？」

「…………」

　言い淀《よど》んでいると、〝ぱしゃり〟というシャッター音が聞こえた。

　沢口圭子が、スマートフォンをこちらに向けている。

「ブログにのせてやる」

「は？」

「あんたの馬鹿面をブログにのせてやるって言ってんの。税金を無駄遣いする悪徳警官ってことでね」

「そんなことしたら……」公務執行妨害？　それとも名誉毀損？　いずれにしても、

なにかしらの罪になるんじゃないか？　と抗議しようとしたが、

「やるよ。あたし、本当にやるから」

　と、沢口圭子は再びシャッターボタンを押した。

「あたし、アッタマ来てるんだ。だって、今から帰ろうとしたそのときに、あんたが来てさ。本当はブッチしようと思ったんだけど、警察が会いに来たんじゃ、無視するわけにもいかないじゃんか。それに、一斗缶を早く戻して欲しかったし。だから、わざわざこうして来てやったのにさ。なのに、一斗缶は戻ってこない。なんなんだよ、この無駄な時間は！　……間に合わなかったらどうすんだよ！」

「は？」

「だから、今日は大切な用事があるんだよ。五時五分のバスに乗りたかったんだよ！なのに、あんたが来たから、乗れなかった！」

「……ああ、すみません」

「ほんと、アッタマくる！」

「……すみません」

「すみませんじゃ、すまないよ！　この落とし前、どうつけんのさ！　ああ、ほんと、アッタマ来る！」

「……本当に、すみません」

「謝ってすむんなら、警察いらないよ！　ってか、あんたが警察そのものじゃん！　はっはっはっ！　マジ、ウケる！」

「……はっはっはっ」

「なに、笑ってんだよ！」

「……いえ、あの、すみません……」

「ああ、ほんと、イライラするったらありゃしない！　この落とし前は、ちゃんとつけてもらうからね！　覚悟しな！」

「ごめんなさい！　許してください！」

橋田結花は、テロリストに命乞《いのちご》いするように体をきゅっと丸めた。

殺される。

沢口圭子の殺気はただごとじゃない。

というか。いったい、沢口圭子はなににそんなに興奮しているのか。

一斗缶？　そうだ、一斗缶を持参しなかったからだ。ということは、私は一斗缶が原因で殺されるのだろうか？

やっぱり、あの一斗缶にはなにかあるんだ。

間違いない。なにかあるんだ。だから、沢口圭子はこれほどまでに——

「……あら、いやだ。頭を上げてくださいよ」

先ほどまでの怒声が嘘のように、一転、沢口圭子の声が優しくなる。

「ごめんなさいね。あたし、頭に血が上ると、見境なくなってしまうんですよ。我ながら、悪い癖です」

見ると、その表情も穏やかだ。まさに人のいい優しいおばさん。……二重人格者というものを見たことはないが、あるいはこんな感じなのではないだろうか？　まるで別人だ。

「遠いところをわざわざいらしてくださったのに、ほんと、すみません」

「……いいえ」

「でも、今の警察って、ほんと、ご親切なんですね。そんな他愛のないことを伝えに、わざわざ。他の人にも、こんなに親切なんですか？」

「…………」

「そういえば、刑事さん、〝ストーカー〟がご専門でしたよね？」

「ええ、まあ、……はい」

しどろもどろで答えると、

「ああ、素晴らしい！」

と、沢口圭子が選挙の候補者を励ますように、手を握ってきた。

「実は、あたし、ストーカーされてるんですよ。相談に乗っていただけないでしょうか？」

「ストーカー？」

「はい。あたし、ブログをやっているんですけどね。その記事がことごとく削除されちゃうんです」

「どういうことですか？」

「だから、誰かが、あたしのブログに不正アクセスして削除しているんですよ。これって、立派なストーカーですよね？」

「ええ、まあ、そうですね。……ストーカーかもしれませんね」

「でしょう？　ストーカーでしょう？」

「……いや、そう断定するには色々と調べなくてはならなくて」

「間違いありませんよ、ストーカーです」

「ですが」

「犯人の目星はついているんです」

「目星？」

「そう。犯人は、うちの母です」

「沢口さんの……お母様？」

「そうです。うちの母が、あたしのブログに不正アクセスして――」

家庭内ストーカーというのは、そう珍しいものではない。むしろ、多い。が、母親が娘のブログに不正アクセス……というのは、あまり聞いたことがない。なにしろ、不正アクセスにはそれなりのスキルが必要だ。

「失礼ですが、お母様のお歳は？」

「歳？　今年で六十五歳だったかしら」

「そんなご高齢の方が、不正アクセスなんて――」

「あら、なに言ってんですか。うちの母は、結婚前はプログラマーで、今は近所のデータ処理会社でパートをしているんですよ？　コンピューターにはめちゃ強いんです。だから、不正アクセスなんて朝飯前」

「ああ、そうなんですか」だとしたら、スキルはあるかもしれない。「……でも、なんでお母様が不正アクセスまでして、あなたのブログの記事を削除するんです？」

「母は、昔からそうなんです。あたしを監視して、自分の思い通りにしようとしているんです。……毒母なんです」

「毒母――」

最近、よく耳にする。子供に悪影響を与える母親のことだ。あるいは、子供の人生を支配しようとする母親。そういえば、先生も言っていたっけ。「世の中の母親は、娘から見れば、すべて〝毒母〟といっても言い過ぎではありません」。つまり、同性である娘に対して、母親は多かれ少なかれ、自分自身を投影し、そして支配しようとするらしい。

「そうなんです。うちの母も、ちょっとでも反抗すると、あたしを病院に送ろうとするんですよ」

沢口圭子が、柄にもなく言葉を震わせた。

「高校生のときなんか、あたしを騙《だま》して病院に連れて行こうとしたんです！」

「病院って？」

「だから、精神病院ですよ！」

「精神病院……」

「あたし、どこも悪くないのに。なにもしてないのに。ただ、ちょっと口答えしただけなのに。それだけで、病院に送ろうとしたんです！」

「それは……」なんと反応したらいいか分からず、結花は無難な言葉を見繕って、言った。「それは、大変なご経験をされましたね」

「あたしは母の操り人形。だから、こんな歳になっても、結婚できずにいるんです。母が、あたしの結婚話を全部壊してしまうんです。母は、あたしに嫉妬《しっと》しているんです。憎んでいるんです。だから、あたしのやることなすこと、全部邪魔するんです！」

「それで、ブログの記事も削除したと？」

「ええ、そうです。……ここだけの話、あたし、ある俳優さんと付き合っているんですよ。プロポーズもされています。それを知って、あの毒母は、またあたしの邪魔をしようとしているんです」

「俳優さんと……付き合っているんですか？」

「ええ、そうです。でも、彼の立場もあって、世間には秘密にしているんですけれど。彼ったら、私への愛をドラマの台詞《せりふ》を通して伝えてくるんです。だから、あたしも、ブログに彼への思いをそれとなく綴《つづ》ったりして」

え？　ドラマの台詞？　それって、もしかして……。結花が訝《いぶか》っていると、沢口圭子が突然、裏声を張り上げた。

「……しのぶれど色に出《い》でにけり　わが恋はものや思ふと人の問ふまで……」

たぶん、これは、百人一首のひとつだ。どんなに秘密にしていても、その恋心がどうしても態度や言葉に出てしまう……というような意味の歌だったと記憶している。

その歌を、沢口圭子は奇妙な節をつけて何度も繰り返す。

それが六回目に入ったとき、沢口圭子は唐突に顔を覆った。そして、

「きゃー、いやだぁ。どうしよう、あたし、秘密をバラしちゃったぁ。もう、恥ずかしいぃ！　あたしが、涼ちゃんと付き合ってるの、内緒にしておいてくださいね！」

と、壁を叩きまくる沢口圭子に、結花は、呆然《ぼうぜん》とするばかり。

「り、りょ、……涼ちゃん？」

「新井田涼ですよぉ！　今日もデートの約束をしているんですぅ。……あら、いやだ。もうこんな時間！　もう行かなくちゃ、生放送に間に合わないわ！」

「……生放送？」

「バラエティ番組の生放送ですよ。涼ちゃん、来てくれっていうから、あたし、行くんです」

「来てくれと、新井田涼が？」

「そう。先週のドラマでそう言ったんですよぉ。ほら、『ドクターZ』というドラマ。涼ちゃん、外科医の役なんですけれど、『来週のオペ、よろしくたのみます』って。これ、あたしに向けたメッセージなんです。〝オペ〟というのが、今日のバラエティ番組のことなんです」

……これは、もしかして、アレか？　結花は戦慄《せんりつ》した。

「きっと、今日、指輪をくれると思うんです。だって、そのドラマで、何度も左薬指をいじってましたから！」

……これは、やっぱり、アレだ。結花は、改めて戦慄した。……母親が病院に連れて行こうとしたのは、正しい判断だったのだ。

「あ、そうだ、結婚式は、刑事さんも呼びますから、来てくださいね！」

「は……」

「ああ、もう、ほんと、時間がない。……ということで、刑事さん、うちの母を逮捕してくださいね。今、住所を書きますんで、すぐに行ってください」

「……逮捕？」

「……はい、これです。この住所に今すぐに行って、母を逮捕してください！」

「いや、でも、それは」

「なにぐずぐずしてんだよ！　行けよ、さっさと行けよ、この税金泥棒が！」

+

「なにぐずぐずしてんだよ！　行けよ、さっさと行けよ、この税金泥棒が！」

鬼瓦《おにがわら》のような顔が広がり、結花は急《せ》かされるように目を覚ました。

「大丈夫ですか？」

白衣を着た女性が覗《のぞ》き込む。

……ああ、そうだった。私は今、病院にいるんだった。

なんでも、二年間、意識がなかったそうだ。

なんとも不思議な感覚だ。

自分にしてみれば、いつのまにか寝てしまって、翌朝、ふいに目が覚めた……というほどの短い時間だ。

なのに、二年も経っていたなんて。まるで、浦島太郎《うらしまたろう》。

「橋田さん、大丈夫ですか？」

白衣の女性の後ろから、男が顔を覗かせた。

この男は、昨日もやってきた。そのときは誰だか思い出せなかったが、今、この瞬間、思い出した。

二宮隆だ。

それをきっかけに、記憶のピースが、怒濤《どとう》のように頭の中を駆け巡った。

そして、数分後。

逆回転のビデオのように、ピースがすべてあるべき位置にハマった。

「沢口圭子——」

結花の口から、ふと、そんな名前が飛び出した。

そうだ。沢口圭子。私、この人に会いに行ったんだ。

……でも、なぜ？　なぜ、会いに行ったんだっけ？

……だめだ、ピースはすべてハマったが、頭の中にはいまだ濃霧が立ち込めている。

その細部がどうしてもよく見えない。目を凝らしても、よく見えない。……ああ、むずむずする！

「私、どうして、沢口圭子に会いに行ったんだっけ？」

イライラと、独り言のように呟《つぶや》くと、

「へ？」と、二宮隆は馬鹿面でこちらを見た。そしてその右手の指先を口元に持っていくと、かりかりと爪を齧《かじ》りだした。……その癖、相変わらずだ。

「さてと、どこから説明すればいいかな……」

もったいつけるようなその口調に、橋田結花のむずむずが増す。

「じらさないで、さくさくっと！」つい、声が上がる。

二宮隆は、噛《か》んでいた爪を唇から話すと、ぬぅぅぅっと身をこちらに乗り出してきた。

「橋田巡査。その口の利き方はなんですか？　確かに僕はあなたの後輩ですが、階級は警部なんですけど」

「……警部⁉」

結花の頭の霧が一気に吹き飛んだ。

いつのまに、そんなに昇格したんだ！　私が意識を失っていた間に、どんだけ時間は進んでいるんだ！　信じられない、信じられない、こんなアホが警部だなんて！

驚きと悔しさと憤りとそしてみじめさで、結花のまぶたが震えだす。それを指で押さえつけると、結花は静かに言った。

「……すみませんでした、二宮警部」

「いやー、やめてくださいよ、そんなにかしこまらないで。僕たちの仲じゃないですか」

「…………」

「じゃ、話を戻しますね。……そもそも、橋田さんがこんな目にあったのは、藤川賀津夫の相談がきっかけですよね？　それは、覚えてます？」

「ええ、うっすらと覚えています。従姉妹《ユリエ》の元夫の藤川賀津夫に相談されて。……再婚相手の『ナオコ』がどうとか……」

「そう。キーマンは、『ナオコ』、浜田七緒子です。浜田七緒子の元夫が藤川賀津夫で、しかし窃盗で逮捕され、離婚。次に浜田七緒子と結婚したのが浜田靖彦です。が、浜田靖彦は——」

「そう、そう。思い出してきました。藤川賀津夫は私を利用して、浜田七緒子の現住所を突き止めた。そして、浜田七緒子の現夫である浜田靖彦をマンションの駐車場で殺害して、秩父の山奥に遺棄したのよ！　……一方、従姉妹《ユリエ》も、元夫を奪った憎たらしい浜田七緒子につきまとっていた。そして、鍵屋《かぎや》になって浜田七緒子の部屋に侵入し、腹いせに一斗缶の中の五百円玉を数枚盗んだ！」

「そうです、そうです、正解です！」

「あれ？　じゃ、浜田七緒子は？　浜田七緒子はどうしたんだっけ？」

結花は、坐《ざ》禅《ぜん》を組む修行僧のごとく目を閉じると、しばし記憶と対峙《たいじ》した。そして、ふと浮かび上がった記憶のピースをすかさず摑《つか》み取ると、声を上げた。

「そうよ、浜田七緒子は、殺害されたのよ！」

「そうです。浜田七緒子は、殺害されたんです！」

「え？　でも、誰に？」

「だから、沢口圭子に」

「え？　沢口圭子？」

「……と疑って、調査を進めていたんですが、沢口圭子には確固たるアリバイがありましてね。結局は、いまだに解決してないんですよ」

「え？　未解決なんですか？」

「はい、残念ながら」

　そのとき、橋田結花の頭に、ふと、ある単語が浮かんだ。結花は再びそれを素早く摑み取ると、言葉にしてみた。「一斗缶」

「一斗缶？」二宮隆が、相変わらずの馬鹿面でこちらを見る。

「そう、一斗缶。今、一斗缶は、どこにあるんですか？　浜田七緒子の部屋にあった一斗缶。……ううん、違う、正確には、沢口圭子の一斗缶。鑑識で保管していたはずなんですが。……そうそう、沢口圭子が返せ返せとしつこくて……」

「ああ、あれか。……なんでも、鑑識がいうには、使い古した女性用のショーツが入っていたとか。それと、ラベルが」

「ラベル？」

「鑑識が調べたところによると、ある清涼飲料水のペットボトルについていたラベルだそうです。それを何枚か集めてメーカーに送るとグッズが送られてくる……というやつです」

「ラベル……？」

「新井田涼の顔がプリントされたラベルです」

「新井田涼？　……俳優の？」

「そう、俳優の」

「あ」

橋田結花の頭に、あるシーンが唐突に再生される。それは、

『きゃー、いやだぁ。どうしよう、あたし、秘密をバラしちゃったぁ。もう、恥ずかしいぃ！　あたしが、涼ちゃんと付き合ってるの、内緒にしておいてくださいね！』

と、壁を叩きまくる沢口圭子の姿だった。さらに、

『新井田涼ですよぉ！　今日もデートの約束をしているんですぅ。……あら、いやだ。もうこんな時間！　もう行かなくちゃ、生放送に間に合わないわ！』

そんな声までもはっきりと再生されて、橋田結花は、ここでようやく事件当日の出来事をすべて思い出した。

「思い出したんですか？」

二宮隆が、身を乗り出してきた。「やっぱり、沢口圭子が犯人ですか？」

犯人？

「だから、橋田さんを襲った犯人は沢口圭子ですか？」

ううん、違う。沢口圭子ではない。

沢口圭子に渡された住所を頼りに、私は彼女の自宅を訪問した。

ストーカー被害にあっていると訴えがあったのだ。ストーカー対策室の人間としては、捨て置く訳にはいかない。それに、沢口圭子に強く促され、行くしかなかったのだ。

そう、確か、東京都青梅市だった。○○駅からさらにバスで二十分。やたらと大きい古い家。呼び鈴を押すと、女が出てきた。「どちら様ですか？」と訊《き》かれたので、「警視庁生活安全総務課、ストーカー対策室、特別対策ゼロ係の者です」と答えた。

女の顔色が変わった。

「ストーカー対策室？……逮捕しに来たんですか？」

女が、きりきりと声を絞り出す。

「逮捕、するんですか？」

そして――

＋　＋　＋　＋

――先生、先生、ご報告があってまいりました。

「昨日もいらっしゃったばかりなのに、どうしたんですか？」

――橋田巡査が、自分を襲った犯人を思い出しました。

「そうですか。……で、誰が？」

――沢口昌枝。

「沢口……マサエ？」

――はい。沢口圭子の母親です。昨日、逮捕しました。観念したのか、その日のうちにすべて自供しました。

「ちょ、ちょっと待ってください。沢口圭子の母親が、なんで？」

――なんでも、娘を逮捕しにきた警官だと思ったらしく、衝動的に橋田巡査の頭を、たまたま玄関にあったスコップで殴ってしまったらしいのです。で、橋田巡査が死んだと思って、人気のない河原まで車で運んだんです。

「なるほど。でも、なんで――」

――ほんと、橋田さんは運がよかったです。発見が遅れていたら、助かりませんでした。

「だから、なんで――」

――沢口昌枝は橋田巡査を殺そうとしたのか？　それはですね。娘の沢口圭子に、警告状が届いていたからなんです。新井田涼へのストーカー行為をやめるように警告した文書なのですが、そこには、『ストーカー行為をやめないと、法的措置に出る』というようなことが書かれていたらしくて、母親の昌枝はそれで随分と悩んでいたそうです。娘のブログに不正アクセスして、ストーカー行為と思われる記事を削除したりして。それで、別件で訪れた橋田巡査を衝動的に襲ってしまったというのです。……しかし、母親というのは、子供を守るためには後先考えずに行動するものなんですね。これも、〝愛〟なんでしょうね。……なんだか僕、不謹慎ですがある種の感動を覚えているんです。

「……愛ですか」

――しかもですよ。沢口昌枝は、他の殺人もゲロしたんです。

「殺人？」

――そうです。驚くなかれ、なんと、沢口昌枝は浜田七緒子を殺害した犯人だったんです！

＋　＋　＋　＋

そうです。私がやりました。私が、七緒子を殺害しました。

話は、四年前の二〇一四年に遡《さかのぼ》ります。

ある日……すみません、正確な日時はちょっと思い出せないのですが、十一月の中旬だったと思います。大型台風が関東に接近する……なんていうニュースが流れていたのは記憶しているんですが。

台風が来る前に、ちょっと畑を見に行ってみようと玄関まで出たときです。固定電話が鳴りました。受話器をとると、「私、沢口圭子さんの元同僚です」と、なんとも優しげな声が聞こえてきました。その声にほだされてしまい、「ああ、娘がお世話になっています」と、私は応《こた》えました。続けて、「あ、でも、今、娘は不在でして」と言うと、「知ってます。新井田涼を追っかけて、ドラマのロケ地に行っているんですよね？」と。

顔が熱くなったのをよく覚えています。あの子の性癖はみなの知るところかと思うと、もう恥ずかしくて。黙っていると、

「イットカン」

と、七緒子は言いました。

「イットカン？」鸚鵡《おうむ》返《がえ》しで応えると、

「そう、灯油とか塗料を入れる、あの一斗缶です。沢口圭子さん、職場に一斗缶を置いていたんですが……」

　ああ、一斗缶。うちにあったやつです。といっても、灯油や塗料を入れるためのものではなく、天板全体がフタになっている保存容器です。もともとお煎餅《せんべい》が入っていて、二十年ほど前にお歳暮でいただいたものです。とても頑丈で、それでいて軽い一斗缶。圭子がとても気に入り、お煎餅を食べつくすと、収納缶として自分のものにしました。

　……なんで、そんなものを職場に？

「ほんと、邪魔でした。でも、沢口圭子さん本人はとても大切にしている様子で、触らせてもくれませんでした。……で、私、ある日、ちょっとしたイタズラ気分で、一斗缶を持ち出したんです。……だって、私、沢口圭子さんにイジメられていましたので。私がブログをやっていることを社内全体にバラして。ブログをアップするたびに、揶揄《からか》われました。……だから、ちょっとした復讐心《ふくしゅうしん》でもあったんです。職場のみんなが帰ったのを見計らって、沢口圭子さんの一斗缶を持ち出したんです」

「……そうだったんですか。で、それがなにか？」

「は？　謝らないんですか？　普通、自分の娘がイジメ加害者だと知ったら、謝りますよね？」

「あ、でも。……まあ、そうですね。すみません」

「なに、その棒読み。子が子なら、親も親ね。ムカつく」

「なんですか、その物言いは？　そもそも、あなただって、圭子の一斗缶を持ち出したんですよね？　これは、窃盗ですよね？　立派な犯罪ですよね？　警察に訴えますよ」

「警察？　いいですよ、訴えてください。その代わり、困るのはそちらですけどね」

「どういう意味ですか？」

「一斗缶に、何が入っているのかご存じですか？」

何が入っているか？　……まあ、たぶん、新井田涼の切り抜きとか、……ああ、そういえば、清涼飲料水のラベルを集めていたようだったから、たぶんそれも――

「さすが、母親ですね。正解です。でも、それだけじゃありません。……男性用の腕時計やらスニーカーやら手帳やら財布やら、そして女性用のショーツやら――」

「女性用のショーツ？」

「そう、しかも、今脱ぎました……という感じで、くるくるって丸まっているやつです。はじめは、沢口圭子さんのものかと思ったんですが、違いました。なにしろ、サイズがまったく違う。沢口圭子さんは目視でもＬＬサイズだと思うんですが、そのショーツはＳサイズ。たぶん、かなり華奢《きゃしゃ》な人のショーツかと」

「華奢？」

「しかも、かなり若い人。もしかしたら、中学生？　高校生？　だって、可愛い花柄のショーツ。あれは、ティーンエイジャーが好むものです。しかも、勝負下着」

「勝負下着？」

「私の想像ですけどね。女性は、彼氏とにゃんにゃんするために、そのショーツを選んだ。そして、実際、にゃんにゃんした。というのも、そのショーツには、男性の精液のようなものが付着していましたから」

「精液？」

「そう。あれは間違い無く、精液です。私、分かるんです。男性経験は豊富なんで」

「あなたの推測が正しいとして。……なんでそんなものが一斗缶に？」

「ほんと、不思議ですよね。私もいろいろと考えました。そして、こう結論づけました。……女性は、性交中に殺害されたと。性交相手ともども」

「……は？」

「山本啓之《やまもとひろゆき》……という人物を知りませんか？」

「ヤマモトヒロユキ？」

その名を聞いて、戦慄が走りました。

山本啓之。まさに、圭子が横恋慕していた男子高校生です。

「やっぱり、ご存じなんですね？」

「なんで？　なんで？　なんで？」

「手帳が入っていた……と先ほど言いましたよね？　そこには、山本啓之の個人情報がばっちりと。で、ネットで調べてみたんです。そしたら、『テレビの奇跡〜あの人はそこにいる！』という番組がヒットしたんです。テレビ公開捜査番組です。山本啓之さんは、その番組で捜索対象になっていました。高校二年生のとき、ガールフレンドの島村《しまむら》美奈子《みなこ》さんとデート中に失踪したと。駆け落ちだと思われたこの失踪事件。でも、本当は、沢口圭子さんが何か関与しているんじゃないですか？」

「圭子が、……関与？」

「私が推測するに。……二人を殺害したんじゃないですか？　そして、遺体をどこかに遺棄した」

「殺害！　遺棄！」

「遺棄した場所も推理してみました。……自宅のどこかじゃないですか？」

「……えええええ！　まさか！」

「一斗缶に、鍵が入っていたんですよ。今時珍しい南京錠《なんきんじょう》の鍵が」

「な、南京錠？」

そのとき、裏庭のプレハブ倉庫が頭に浮かびました。その倉庫は主人が日曜大工でこしらえたもので、主人の趣味のものが詰め込まれています。こだわりある倉庫らしく、主人は他の人の立ち入りを禁止していました。主人亡き後も、なんとなく近づきがたくて。私は一度も入ったことはありません。が、圭子はしょっちゅう、入っていたようで。その倉庫の扉に使われていたのが、まさに、南京錠。……嘘でしょう。もしかして、あの倉庫に山本啓之と島村美奈子さんの遺体が？　……だとしたら、夫もかかわっていた？

「たぶん、沢口圭子さんは、一斗缶の中身をお母さんに見られたくなかったんでしょう。彼女、いつも言ってましたから。母の監視がきつくて鬱陶《うっとう》しい。部屋に勝手に入って色々と詮索《せんさく》されるのが、本当に困る……と。だから、一斗缶を職場に運んだんでしょう」

「…………」

「さあ、どうです？　これでも、警察に行きますか？」

「…………」

「それとも、取引しませんか？」

「なんです？　取引って」

「一斗缶の中に入っている品々を、購入して欲しいんです。……いかがですか？　まずは、財布。これを三百万円で売って差し上げます」

そうして、七緒子は私の脅迫者になりました。それから二年あまり、私は、一斗缶の中身と交換するように、彼女にお金を運び続けました。総額、三千万円にはなると思います。七緒子は、そのお金で高級外車を買いました。それでも、まだ足りないと、あの女は私をゆすり続けました。

「ご安心ください。たぶん、これで最後です。あと、一千万円ほど、融通してくれませんか？　今度こそ、山本啓之の手帳をお返しします」

手帳！　ようやくそれにたどり着いた！　山本啓之の個人情報が記録されているであろう、手帳。でも、うちにはもうお金なんてありませんでした。先祖代々の土地だって、もう売ってしまいました。残っているのは、定期預金の五百万円だけ。でも、手帳だけはなんとか回収しないと。

そうして、二年前の二〇一六年。

梅雨が明けた七月の終わり。

その日、私はいつものように七緒子の部屋に呼び出されました。七緒子が呼び出すのは、決まって、旦那さんが不在のとき。その日もいませんでした。

やるしかない。私は思いました。

私は、首に巻いていたスカーフを解きました。そして、私が持参したロールケーキを切り分けている七緒子の後ろに回って、頸《くび》を絞めました。

それはあっという間でした。人って、案外簡単に死んじゃうんですね。

……それから私は一斗缶を探し出し、その中から山本啓之の手帳を取り出し、持ち帰りました。

以上が、私がやった犯罪行為のすべてです。

……しかし、なんですね。まさか、その日、七緒子の夫まで殺害されるなんて。マンションの駐車場で、七緒子の元夫に殺害されたんですよね？　……ある意味、仲のいい夫婦ですよね。

ふふふふふ。

ほんと、なんか、おかしい。

Postscript　追記

――はじめまして。このたびは、面会を快諾していただき、まことに光栄です。

「あ、はじめまして。……えっと、あなたは、帝東テレビの……」

――はい、そうです。帝東テレビの下請け制作会社、帝東クリエイティブの大井千奈美と申します。このたびは、面会を受けていただき、まことに――

「ああ、いいんですよ。私が承諾したというよりは、前山室長たってのお願いですから、受けたんですよ。……なんでも、『追跡24時！　警察大調査網』の取材とか？」

――はい、そうです。今回は、ストーカー犯罪にスポットを当てようと思いまして。それで、先生のご協力をいただければ……と思い、前山室長にダメ元でお願いしてみたんです。……受けていただいて、本当に嬉《うれ》しいです。

「ああ、そうですか。……っていうか、ちょっとなにか臭いません？」

――なにがですか？　私は特に。気のせいではありませんか？

「そうですか。気のせいですか。……で、私になにを訊《き》きたいんですか？」

――先生が、和製レクター博士と呼ばれていることについてです。失礼ですが、先生は、……素人ですよね？

「まあ、確かに、素人ですね。専門的な勉強はしていません」

――なのに、なぜ、プロファイリングのような真似を？

「真似ではありませんよ。れっきとしたプロファイリングをしているつもりですよ、私は」

――そうですか。なら、質問を変えましょう。先生の本名は小杉平太《こすぎへいた》。……ペンネームは、小田切昴で間違いありませんか？

「…………」

――一九五八年、神奈川県厚木《あつぎ》市生まれの今年六十歳。一九八〇年、二十二歳のときに小説家デビュー。その翌年発表した『銀河探偵コスモス』がヒットし、十二巻まで続く人気シリーズとなったが、一九八六年、未成年との淫行《いんこう》で逮捕。不起訴となるも、以降、小説の仕事はなくなった。その後、フリーライターやアルバイトなどをして糊口《ここう》をしのいでいたが、マニアの間で『銀河探偵コスモス』が相変わらず人気があることを知り、サイン本をネットオークションに出品してみたところ想像以上の高値がついたことから、「これはいける」と、ファンを金づるにしようと画策。二〇〇五年頃から、『銀河探偵コスモス』の復活プロジェクトをネットで謳《うた》い、当時、雇われマスターをしていた西八王子のカラオケバーにファンを集め、なんだかんだとお金を巻き上げていた。……ここまで、間違ったところはありますか？

「いえ。概《おおむ》ね、合っています」

——集まったファンは、だいたい百人ほど。その百人から年に百万円ほどを貢がせることにより、年間約一億円を荒稼ぎ。……すごいですね。どうしたら、そんなお金が？

「ファンひとりひとりに、自分は特別なんだ……と思わせるだけですよ。例えば、五人ずつをひとつのグループにするんです。そしてそれぞれのグループに、幹部として自分の右腕になってほしい……君たちで『銀河探偵コスモス』を復活させてほしい……と言えば、使命感に燃えるファンたちはこぞって、お金を出してくれました」

——なるほど。使命感をくすぐるんですね。まさに、カルト宗教の手口ですね。

「カルト宗教？　そうですね。実際、私たちの集まりを指して『宗教団体』と呼ぶ者もいました」

——ですが、中には、疑問を持つ人も現れた。その一人が、鈴木真琴さん。鈴木さんが警視庁ストーカー対策室ゼロ係に相談したことで、あなたは詐欺の疑いで逮捕されます。それが、二〇〇八年の八月。

「ええ、そうです。あの日は、やたらと暑い日でした。最高気温が三十五度を超えて……」

——翌年には、一審で懲役三年の刑が言い渡されます。ですが、あなたは無罪を主張し、控訴。……で、今に至ると……と。

「ええ、私は無罪ですから」

――ですが、結果的には、懲役刑よりも長い期間、塀の中に閉じ込められることになりました。

「閉じ込められる？　ええ、確かにそうですが、ここは案外、快適ですよ。私を支援してくれている人もたくさんいますし、こうやって面会しにきてくれる人も多くいるので、飽きません」

――支援してくれている人？　例えば、ストーカー対策室の前山室長とか？

「……まあ、あの人も、親切にしてくれていますね」

――鈴木真琴さんが相談した相手は、当時ゼロ係の係長だった前山室長でした。つまり、前山室長によってあなたは逮捕されたんですよ？

「きっと、その罪滅ぼしなんでしょう」

――罪滅ぼしというより、もはや、信者の域ですけどね。聞いた話だと、前山室長は、『銀河探偵コスモス』の大ファンだとか。勤務中、個室に閉じ籠《こ》もって繰り返し読んでいるとか。

「私を逮捕したのをきっかけに、読んだそうですよ。それでいたく感動し、私にプロファイリングを依頼したんですよ。『銀河探偵コスモス』のように、影から犯罪撲滅に協力してほしいと」

――確か、『銀河探偵コスモス』の主人公も、火星監獄《マーズプリズン》に拘束されている囚人。それを真似て？

「ええ、そうですよ！　あなたの言う通り〝真似〟ですよ！」

――え？　先生？　どうされました、突然。……先生？

「ああ、もう、こんな〝ごっこ〟はもうやめだ！　バカバカしい」

――先生？

「……本音をいいますとね、私は一刻も早く、ここを出たいんです」

――そうなんですか？　でも、無罪だと……。

「無罪？　ええ、そうです。無罪です。ファンのやつらは、喜んで私に金を差し出したんですから。それを詐欺だと言われても！　こっちが名誉毀《き》損《そん》で訴えたい気分です。……が、そんなことは、ぶっちゃけどうでもいいんです。ここから出られれば、詐欺罪でもなんでも……。でも、でも、それを許してくれない」

――許してくれない？　誰が？

「あの男ですよ。……あの男はイカれている」

――あの男？

「だから、前山室長ですよ！　……私はときどき恐ろしいんですよ。私はあの男につきまとわれているだけなんじゃないかって。『銀河探偵コスモス』ごっこに付き合わされているだけなんじゃないかって。だって、控訴を提案してきたのも、あの男なんですよ。しかも、あの男の働きで支援者がぞくぞくと集まり、私の無罪判決を目標にやけに団結してますからね。あいつらは、どんなに裁判が長引いても、私の無罪を勝ち取るつもりです。二十年でも三十年でも、五十年でも！　……さっき、ここは快適だと言いましたが、そんなの嘘です。こんなところ、快適なはずないじゃないですか！　娑婆《しゃば》に出たいんですよ！　あのとき、素直に判決を受け入れていれば、今頃、娑婆に戻っているはずなのに……。なのに、なのに、控訴なんかしたもんだから。あなたの言う通り、懲役刑より長い間、ここに閉じ込められている。今年で十年ですよ！　十年！　こんなところで還暦を迎えてしまいましたよ！　……私はいったい、いつまでここにいればいいんでしょうね？」

――先生。

「ね、お願いですよ、テレビの力で、私を犯罪者にしてくださいよ。そして、私をここから出してください！」

――そんなことを言われても。

「っていうか。やっぱり、なにか臭う。……これは、死臭だ」

――ですから、気のせいですって。

「あなた、もしかして、誰かを殺しました?」

——え?

「あなたに、死臭が染み付いている気がするんですが」

——あ、もう時間です。今日はこれで失礼します。ご協力、ありがとうございました。

〈参考文献〉

『サイコパス』（文春新書）／中野信子著

『ストーカー加害者　私から、逃げてください』（河出書房新社）／田淵俊彦、ＮＮＮドキュメント取材班著

『他人を引きずりおろすのに必死な人』（ＳＢ新書）／榎本博明著

『良心をもたない人たち』（草思社文庫）／マーサ・スタウト著、木村博江訳

『アフリカで誕生した人類が日本人になるまで』（ＳＢ新書）／溝口優司著

本書は、二〇一八年七月に小社より刊行された
単行本を文庫化したものです。

ツキマトウ

警《けい》視《し》庁《ちよう》ストーカー対《たい》策《さく》室《しつ》ゼロ係《がかり》

真《ま》梨《り》幸《ゆき》子《こ》

令和３年 ５月25日　初版発行

発行者●堀内大示

発行●株式会社KADOKAWA
〒102-8177　東京都千代田区富士見2-13-3
電話　0570-002-301（ナビダイヤル）

角川文庫 22671

印刷所●株式会社暁印刷
製本所●株式会社ビルディング・ブックセンター

表紙画●和田三造

ISBN 978-4-04-111332-5　C0193

JASRAC 出 2103327-101

角川文庫発刊に際して

角川源義

第二次世界大戦の敗北は、軍事力の敗北であった以上に、私たちの若い文化力の敗退であった。私たちの文化が戦争に対して如何に無力であり、単なるあだ花に過ぎなかったかを、私たちは身を以て体験し痛感した。西洋近代文化の摂取にとって、明治以後八十年の歳月は決して短かすぎたとは言えない。にもかかわらず、近代文化の伝統を確立し、自由な批判と柔軟な良識に富む文化層として自らを形成することに私たちは失敗して来た。そしてこれは、各層への文化の普及滲透を任務とする出版人の責任でもあった。

一九四五年以来、私たちは再び振出しに戻り、第一歩から踏み出すことを余儀なくされた。これは大きな不幸ではあるが、反面、これまでの混沌・未熟・歪曲の中にあった我が国の文化に秩序と確たる基礎を齎らすためには絶好の機会でもある。角川書店は、このような祖国の文化的危機にあたり、微力をも顧みず再建の礎石たるべき抱負と決意とをもって出発したが、ここに創立以来の念願を果すべく角川文庫を発刊する。これまで刊行されたあらゆる全集叢書文庫類の長所と短所とを検討し、古今東西の不朽の典籍を、良心的編集のもとに、廉価に、そして書架にふさわしい美本として、多くのひとびとに提供しようとする。しかし私たちは徒らに百科全書的な知識のジレッタントを作ることを目的とせず、あくまで祖国の文化に秩序と再建への道を示し、この文庫を角川書店の栄ある事業として、今後永久に継続発展せしめ、学芸と教養との殿堂として大成せんことを期したい。多くの読書子の愛情ある忠言と支持とによって、この希望と抱負とを完遂せしめられんことを願う。

一九四九年五月三日

角川文庫ベストセラー

ふちなしのかがみ　辻村深月

冬也に一目惚れした加奈子は、恋の行方を知りたくて禁断の占いに手を出してしまう。鏡の前に蠟燭を並べ、向こうを見ると――子どもの頃、誰もが覗き込んだ異界への扉を、青春ミステリの旗手が鮮やかに描く。

きのうの影踏み　辻村深月

どうか、女の子の霊が現れますように。おばさんとその子が、会えますように。交通事故で亡くした娘を待ちわびる母の願いは祈りになった――。辻村深月が〝怖くて好きなものを全部入れて書いた〟という本格恐怖譚。

左近の桜　長野まゆみ

武蔵野にたたずむ料理屋「左近」。じつは、男同士が忍び逢う宿屋である。宿の長男で十六歳の桜蔵にはその気もないが、あやかしの者たちが現れては、交わりを求めてくる。そのたびに逃れようとする桜蔵だが。

咲くや、この花　左近の桜　長野まゆみ

春の名残が漂う頃、隠れ宿「左近」の桜蔵に怪しげな男が現れ手渡した「黒面を駆除いたします」というちらし。桜蔵は現ではないどこかへ迷い込む……匂いたつかぐわしさにほろ酔う、大人のための連作奇譚集。

デカルコマニア　長野まゆみ

メビウスの帯のようによじれたり絡まったり渦を巻いたりしながら、20世紀から23世紀まで、時間旅行装置《デカルコ》で時空を超えて漂流する、不可思議な一族の壮大なるサーガ。

角川文庫ベストセラー

さいはての彼女
原田マハ

脇目もふらず猛烈に働き続けてきた女性経営者が恋にも仕事にも疲れて旅に出た。だが、信頼していた秘書が手配したチケットは行き先違いで――？ 女性と旅と再生をテーマにした、爽やかに泣ける短篇集。

アノニム
原田マハ

ジャクソン・ポロック幻の傑作が香港でオークションにかけられることになり、美里は仲間とある計画に挑む。一方アーティスト志望の高校生・張英才のもとには謎の窃盗団〈アノニム〉からコンタクトがあり⁉

家と庭
畑野智美

中山望は、四季折々の花が咲く庭のある家で、母と姉と妹と暮らす。ある日、上の姉が娘を連れて帰ってきて、女5人との生活が始まった。家族や幼なじみと過ごす時間は、〝何も望まない〟望を変えていく――。

今夜は眠れない
宮部みゆき

中学一年でサッカー部の僕、両親は結婚15年目、ごく普通の平和な我が家に、謎の人物が5億もの財産を母さんに遺贈したことで、生活が一変。家族の絆を取り戻すため、僕は親友の島崎と、真相究明に乗り出す。

夢にも思わない
宮部みゆき

秋の夜、下町の庭園での虫聞きの会で殺人事件が。殺されたのは僕の同級生のクドウさんの従妹だった。被害者への無責任な噂もあとをたたず、クドウさんも沈みがち。僕は親友の島崎と真相究明に乗り出した。